감각의

정원

감각의 정원

花に埋もれる

이소담 옮김

아야세 마루 소설집

일러두기

1. 모든 괄호 안의 설명은 옮긴이의 것입니다.
2. 내용 특성상 일본어 표현을 일부 살렸습니다.

차
례

매끈하게 움푹한 곳 7

230밀리미터의 축복 41

마이, 마이마이 95

떨리다 125

매그놀리아 남편 153

꽃에 눈이 멀다 211

옮긴이의 말 260

매끈하게 움푹한 곳

아름다운 것은 토요일 오전에 도착했다.

아침, 잠에서 깨어났을 때부터 내내 두근거렸다. 일찍 아침밥을 먹고 샤워를 하고 머리를 말리고, 화장수를 가슴에 한 번 뿌리고, 좋아하는 블라우스와 바다색처럼 홀치기염색을 한 랩스커트로 갈아입었다. 블라우스 옷단에는 남쪽 나라 새가 연상되는 화사한 극락조화 자수가 놓여 있다. 또 그런 거나 사고 말이야, 하고 스미카는 매우 혹평했지만, 나는 착용감이 편하고 색조가 밝은 옷이 좋다. 앞으로 오래오래 함께하게 될 테니까 나를 가장 정직하고 마음에 드는 상태로 정돈하고 그것을 맞이하

　　　　　　　　　　　　　　매끈하게 움푹한 곳

고 싶었다.

두 명의 배달원이 무릎을 안은 어른 하나쯤은 여유롭게 들어갈 크기의 상자를 운반해 거실 중앙, 텔레비전 바로 정면에 내려놓았다. 상자 상부를 열어 전체에 에어캡이 둘린 물체를 신중히 꺼내 포장을 풀었다. 반질반질한 까만색이 보인 순간, 가슴이 세차게 뛰었다.

포장재 한 조각도 남기지 않고 주위를 청소한 배달원들은 내게 작업 종료 서명을 받더니 바람처럼 사라졌다.

현관문을 닫는다.

어쩌지, 단둘이 남고 말았다.

고개를 돌렸다. 까만 가죽에 형태가 아름다운 일인용 안락의자가 거기에 있었다. 전체적으로 장식이 적고, 팔걸이 부분에 광택이 과하지 않은 금색 압정이 나란히 박혀 있었다. 아래쪽은 날렵한 인상을 풍기는 호두나무 각뿔 다리. 마룻바닥이 상하지 않도록 나중에 펠트를 다리 아래에 붙여야겠다.

조심조심 등받이 쿠션에 손을 미끄러뜨렸다. 점원이 인조 가죽이라고 했는데, 진짜 가죽과 구별 안 될 정도로 부드럽고, 손끝에서 녹아내리는 버터처럼 매끄러웠다. 소파 좌석은 일반적인 일인용 소파와 비교해 널찍하다. 덩치 큰 남자라도 몸을 푹 가라앉혀 편하게 앉을 수 있겠지. 나는 여자 중에서도 작은 체구여서 평범하게 앉으면 공간이 많이 남는다.

그래도 가게에서 이 소파를 처음 본 순간부터 반드시 해 보고 싶은 일이 있었다. 두 다리를 한쪽 팔걸이에, 머리를 반대쪽에 올리고 등받이 쿠션에 옆으로 누워 상반신을 맡긴다. 그러자 등받이, 좌석, 두 개의 팔걸이가 만든 공간에 몸이 딱 들어맞았다.

마치 더없이 아름답고 강한 것이 나를 두 팔로 안아 든 것 같다.

매끈매끈한 등받이에 뺨을 기댔다. 아아, 하는 소리가 저절로 나왔다.

'누아르'라고 부르기로 했다.

쇼핑몰 가구점에서 이 소파를 발견했을 때 가격과 재질이 적힌 태그에 '컬러: 누아르'라고 적혀 있었으니까. 프랑스어로 검은색이라는 뜻이라고 한다. 누아르라는 발음이 지닌, 왠지 모르게 사람 이름 같은 느낌이 처음부터 좋았다.

벽 쪽에 앤티크 느낌의 소파들과 함께 나란히 전시된

누아르를 처음 본 순간부터 알 수 없는 인력을 느꼈다. 발길이 떨어지지 않았다. 까만 가죽의 은은한 광택, 팔걸이의 곡선, 좌석의 깊이. 그 전부가 막연하게 좋았고, 그쪽도 나를 환영하는 것 같았다.

"무슨 소리야, 서른을 앞둔 혼자 사는 여자가 아저씨나 앉을 것 같은 투박한 소파를 사서 어쩌려고. 방이 좁아지고 결혼하면 걸리적거릴 텐데? 언니, 제정신이야?"

스미카는 기막힌 듯 말하며 내 등을 세게 퍽퍽 쳤다.

"진짜, 이상한 것 좀 사지 마. 리빙 코너에 가자."

"알았어, 알았어."

누아르에게서 간신히 시선을 떼고 스미카를 쫓아갔다. 다음 달이 산달인 스미카는 배가 커다랗다. 출산 후 필요한 용품을 사러 가는 외출에 짐꾼으로 동행하고, 그 김에 출산 전 축하 선물로 아기 식탁 의자를 선물할 계획이었다.

"언니, 이거 괜찮지."

"어떤 거?"

스미카가 가리킨 것은 동그란 테이블이 달린 아기 의자였다. 좌석과 발 놓는 판의 높이를 바꿀 수 있고 테이블을 떼는 것도 가능하다. 아기용 안전띠를 쓰면 생후

사 개월부터 사용 가능하고 열 살 정도까지 쓸 수 있다고 한다. 기능성이 뛰어나다. 가격은 팔천 엔이다.

"괜찮은데? 대단하다. 저렴한데 편리해."

아기 때부터 초등학생까지, 십 년 가까이 성장 변화에 맞추면서 팔천 엔…… 나도 모르게 가격표를 빤히 들여다보았다. 아까 내가 반한 까만 가죽 소파는 아마 소비세까지 계산하면 칠만 엔이 넘지 않을까. 안 되겠지. 역시 어리석은 소비인가. 보너스가 들어와서 통이 너무 커졌는지도 모른다.

마음에 든다는 의자를 사고 스미카의 집으로 배송해 달라고 접수했다. 이외에 기저귀나 아기 띠, 젖병과 아기용 비누 등을 사러 같이 다녀와서, 양측에 슬라이드 도어가 달린 경차의 트렁크에 짐을 실었다. 뒷좌석에는 부모님이 스미카에게 선물한 카시트가 이미 설치되어 있었다.

운전석에 앉은 스미카는 창문을 열고 차 밖에 선 내게 말을 걸었다.

"정말 역까지 태워다주지 않아도 돼?"

"버스가 십오 분마다 있는걸. 대형 쇼핑몰은 오랜만이라 아이쇼핑 좀 하고 갈래. 스미카, 오후에 검진 가지?

내 걱정하지 말고 가."

"그 이상한 소파 사면 안 된다?"

"안 사거든요."

"오늘 바쁜데 고마워. 아기 태어나면 얼굴 보러 또 와."

"운전 조심해서 하고."

인생 설계까지 포함해 야무진 데다 경제관념도 철저한 여동생을 배웅했다.

하늘색 경차가 넓은 주차장에서 나가자마자 다리가 근질근질 쑤시기 시작했다. 참지 못하고 조금 전의 가구점으로 향했다. 누아르는 여전히 따사로운 풍정으로 나를 기다렸다.

여동생이…….

세 살 어린 여동생이 척척 결혼해서 아이를 갖고, 팔천 엔으로 십 년을 쓰는 아기 의자를 고르고, 가족용 자동차의 대명사나 마찬가지인 박스형 경차를 붕붕 몰고 다닐 때, 나는 도대체 무엇에 얼마 되지도 않는 보너스를 들이부으려는 거지.

아아, 하지만 보면 볼수록 멋지다. 이 우아하고 품격 있는 물체에 매일 몸을 맡기고 살 수 있다면 행복할 것이다. 신용카드 서명란을 문지르는 펜 끝에서 약한 전류

비슷한 흥분이 타고 올라와 몸이 저릿저릿했다.

누아르를 샀을 때, 나는 아직 레오와 사귀고 있었다.

데이트 앱에서 알게 된 동갑내기 남자인데, 관청에서
일한다. 학창 시절에는 풋살을 했다고 한다. 키가 크고
몸집이 탄탄했고, 멀끔하고 산뜻한 생김새가 취향이었다.
차분한 색의 양복을 즐겨 입었고, 옷깃에서 쭉 뻗은 푸
른 대나무 같은 목덜미에 색기가 있었다.

레오는 종종 금요일 밤에 놀러 와 일요일 저녁에 돌
아갔다. 직장 분위기가 엄격한지 같이 술 마시다 취하면
금방 모에카, 너무 힘들어!라면서 나를 끌어안았다. 긴
방석에 나란히 앉아서, 나는 덩치 크고 애교 많은 개를
달래는 기분으로 자주 그의 동그란 바가지머리를 마구
헤집곤 했다.

레오는 누아르를 보고 굉장히 기뻐했다.

"어, 이거 뭐야? 내 전용?"

"그럴 리 있겠어."

"멋지다. 빈티지 같아."

레오가 기분 좋게 누아르에 앉았다. 레오의 덩치 큰
몸은 누아르의 좌석 너비를 꽉 채워 마치 맞춤처럼 안

매끈하게 움푹한 곳

정감 있어 보였다. 왠지 마음에 안 든다. 그러나 금요일 밤, 회식에 지쳐 휘청휘청 찾아온 손님이니까 내 집에서 제일 좋은 자리를 양보하기로 한다.

술이 깨도록 따뜻한 현미차를 내주고 나는 오래 쓴 긴 방석에 앉았다. 둘이서 게으르게 텔레비전 음악 방송을 봤다.

"모에카."

"왜?"

끈적거리는 목소리로 불러서 그럴 것 같긴 했는데, 예상대로 섹스하자고 했다.

"침대로 가자."

"여기에서 하고 싶어!"

"에이, 산 지 얼마 안 됐는데."

"왠지 좋잖아, 호사스러운 기분이고. 만듦새가 단단하니까 괜찮을 거야."

레오는 텔레비전을 끄고, 내 잠옷도 브라 톱도 팬티도 척척 벗겨 알몸으로 만들고, 자기는 양복 위아래를 벗어 셔츠와 트렁크 차림으로 누아르에 다시 앉았다. 털이 듬성듬성 난 허벅지 위에 올라타라고 요구해서 어쩔 수 없이 하라는 대로 했다.

"오늘도 대단한 볼륨."

"고마워."

나는 몸집은 작은데 가슴이 크다. 편하게 입을 수 있는 옷이 한정적이어서 나는 이 몸을 딱히 좋아하지 않는데, 남자의 호감을 사기 쉽다. 섹스를 시작하면 상대방은 보통 내 가슴을 뚫어지게 응시하고 핥고 빨고 주무른다. 평소에는 턱만 보이는데 이럴 때는 그들의 가마와 거칠어진 두피가 잘 보인다.

"가슴에서 좋은 냄새가 나."

"우리 회사 신상품이야. 유자와 허브를 섞은 입욕제인데, 피부가 보들보들해져."

"진짜다. 매끈매끈하고 탱글탱글해."

가슴 말고는 할 얘기가 없나. 벌써 앞으로의 행위가 귀찮아졌다. 레오는 한쪽 유방을 주무르며 다른 한쪽 가슴 끝을 빨기 시작했다. 등을 안았던 손이 스르륵 등줄기로 미끄러져 엉덩이를 붙잡았다. 마치 탄력을 곱씹는 것처럼 손이 움직여 때때로 손끝으로 아슬아슬한 부위를 비빈다.

몸에 강한 힘이 닿으면 머릿속에 안개가 둥실 낀다. 이건 뭘까. 내 몸의 소유권을 놓아버림으로써 생기는,

나른하고 뜨거운 탈력감.

"저거 봐, 야하다."

"응?"

재촉하는 대로 뒤를 돌아보자, 전원을 끈 텔레비전 화면에 하얀 상이 비쳤다. 부드러워 보이는 여자의 등이었다. 덥석 붙잡혀서 옆으로 세게 당겨진 엉덩이 살이 보기 흉하게 찌부러졌다. 내 몸이라기보다 타인의 몸처럼 보였다. 불쌍하고 요염해서 시선이 떨어지지 않는다. 왜 불쌍하면 요염해 보일까?

레오가 누아르 아래에 놓인 업무용 가방 안쪽 주머니에서 손바닥의 오목한 곳에 쏙 들어오는 크기의 둥근 틴케이스를 꺼냈다. 안에는 콘돔이 들어 있다.

"자기 안에 들어가는 거 오랜만이다."

나는 들뜬 속삭임에 대답하지 않고, 고개를 돌려 하얀 상을 바라보았다. 이번에는 엉덩이가 아니라 허벅지를 붙잡았고, 각도를 조정하는 듯이 들어 올려졌다. 내 몸은 보여도 레오의 몸은 잘 보이지 않는다.

역시 침대에서 할 걸 그랬다. 누아르 위에서 이런 이상한 자세를 취하기 싫었다. 생각하는 사이, 단단한 것이 몸 안으로 스르륵 들어왔다.

레오와는 그 후로 반년쯤 지나 소원해졌다. 그는 더 오래 사귈 마음이 있었을지도 모른다. 그러나 내 쪽이 내키지 않았다.

이유 중 하나는 누아르다. 레오는 우리 집에 올 때마다 누아르에 앉으려 했다. 어차피 나도 손님인 레오에게 좋은 자리를 양보할 생각이었다. 그러나 장기 휴가로 일주일쯤 우리 집에 머물 때도 레오는 누아르를 자기 자리라 여기고 그때까지 쓰던 방석에 한 번도 앉으려 하지 않았다.

"그만 좀 비켜. 내가 앉으려고 산 거니까."

"또 이러네. 자, 무릎에 앉아. 안아줄 테니까. 이렇게 둘이 앉으면 되잖아."

"그런 게 아니라니까."

점점 알게 되었다. 레오는 '손님이니까 좋은 자리를 양보받고 있다'라고 생각하는 것이 아니라 '사귀는 상대의 물건 중 좋은 것은 자기가 양보받는 것이 당연하다'라고 생각했다. 그걸 깨달은 순간, 취해서 지쳤어!라며 끌어안는 행동도 귀여워 보이지 않았다. 지쳤어!라고 하면 내가 안쓰러운 마음에 본인이 하겠다고 약속한 뒷정리나 설거지를 대신 하거나 내키지 않는 섹스에도 응하

매끈하게 움푹한 곳

는 것을 그는 잘 알고 있었다. 그런 교활한 면까지 감수하면서 사귀고 싶을 만큼 레오를 좋아하지 않았다.

"아니, 그래도 서른 살에 직장도 건실하고 용모도 그럭저럭 취향인 사람과 헤어지는 거, 용기가 많이 필요하지 않아?"

회사 근처 공원 벤치에 앉아 푸드트럭에서 산 케밥을 먹으며 마사미가 고개를 갸웃거렸다. 꼼꼼하게 오렌지색 립스틱을 바른 입술 끝에 오로라소스(케첩과 마요네즈를 섞어 만든 주황빛 소스)가 묻었다.

나는 근처 카페에서 포장해 온 쇠심줄카레를 먹다 말고 물티슈를 한 장 꺼내 그녀에게 건넸다.

"고마워."

"뭘. 음, 그야 그렇지만, 그러네. 그때도 여동생한테 말하면 바보 같다며 잔뜩 화를 내겠다고 생각했는데."

"응, 응."

"그래도 그런 사람과 결혼하면 나는 계속 내 의자에 앉지 못하잖아."

"그나저나 본인도 돈을 버니까 본인 의자 정도는 본인 돈으로 사면 될 텐데."

"아아, 집이 넓으면야. 음, 그런데 좀 달라. 그런 문제가 아니라……."

카레가 담긴 두꺼운 종이 접시 구석, 작은 알루미늄포일 용기에 든 후쿠진즈케(소금에 절인 채소를 간장, 설탕, 맛술로 담근 것. 카레 반찬으로 잘 나온다)를 카레와 쌀밥 경계에 끼워 넣으며 적당한 표현을 찾았다.

"그 사람, 마음속 어딘가에 내 물건을 자기 것인 양 생각했어. 그러니까 의자가 몇 개 있는지는 관계없어."

텔레비전 화면에 비친, 마치 스트레스 해소용 볼이라도 쥐듯 엉덩이를 움켜쥔 커다란 손이 생각났다. 왜일까. 그 손놀림을, 그 손놀림이 만드는 광경을, 야하고 기뻐해야 하는 것이라고 믿으려 했던 감각이 있다. 다 먹은 케밥 포장지를 꾸깃꾸깃 뭉치며 마사미가 눈살을 찌푸리고 웃었다.

"그렇다면 선택하지 않길 잘했네. 틀림없이 부부가 벌어 온 돈을 어디에 쓸지 자기 혼자 정할 타입이야."

"마사미네는 그런 문제없어?"

"없진 않지만 뭐, 익숙해졌어."

"남편, 학생 때부터 사귀었댔지?"

"응, 고등학생 때부터. 그러니까 인제 와서 성격 같은 걸로 싸우는 일은 적긴 해. 음, 다만 우리 집은 남편 수

　　　　　　　　　매끈하게 움푹한 곳

입이 더 많은데, 그만큼 집안일과 육아는 내가 많이 하라고 하는 건 지금도 납득이 안 돼!"

"조건이 다른데."

"그러니까. 우리 회사, 여성 관리직 비율이 삼 퍼센트 잖아? 당연히 자기 쪽이 출세하거나 월급이 오를 확률도 높은데 웃기고 앉았다 싶어."

입가를 깨끗이 닦아 식사를 마친 마사미는 옆에 놓아둔 가방에서 파우치를 꺼냈다. 손거울을 보며 립스틱을 다시 바르고는, 입냄새 예방용 민트캔디를 입에 넣고 길게 한숨을 쉬었다.

"아아, 일억 엔 갖고 싶어."

"갖고 싶다."

"족욕 장화 세트, 잘 팔리면 좋겠다."

"괜찮을 것 같긴 해. 무좀 예방 약탕도, 발꿈치 각질 케어 약탕도, 써보고 싶다는 의견이 꽤 많았으니까. 족욕 장화도 전통 있는 고무 제품 제조사와 협력한 덕분에 보온성도 착화감도 훨씬 좋아졌어."

"좋았어. 팔고 올게!"

"잘 다녀와."

나와 마사미는 입욕제와 화장품을 제조하는 사원 오

십 명 규모의 작은 회사에서 일한다. 재작년까지는 둘 다 영업부였는데, 작년부터 나는 기획부로 이동했다. 자사 제품보다 다른 대기업 브랜드의 위탁 상품을 제조하는 일이 많은 회사였다. 그러다 몇 년 전에 경영난이 심각해져 사장이 교체된 이후로 입욕제와 화장품뿐 아니라 목욕과 관련한 새로운 핵심 상품을 만들고자 개발에 힘을 쏟기 시작했다. 족욕 장화 세트가 그 첫 번째다. 샘플이 담긴 종이가방을 들고 씩씩하게 출발하는 마사미를 배웅하고서 나도 회사로 돌아왔다.

하루 종일 책상에 앉아 일하고, 집 근처 역의 서서 먹는 메밀국숫집에서 매실미역메밀국수와 멘치카츠를 먹고 집에 왔다. 화장을 지우고 욕조에 물을 받아 사원 할인으로 산 장미와 재스민을 섞은 목욕 오일을 떨어뜨렸다. 욕실 안이 순식간에 달콤한 향기로 가득해졌다. 여유롭게 몸을 씻고 뜨거운 물에 몸을 담갔다.

목욕을 마치고 나와 물기를 닦고, 브라 톱과 팬티만 입고 얼음과 탄산을 넣은 보리소주를 준비했다.

향기 나는 피부로 누아르에 앉는 것이 좋다. 몸을 깊숙이 맡기고, 탄산 소주를 마시며 텔레비전을 켰다. OTT 서비스에 접속해 도중까지 보던 드라마를 이어 봤다.

매끈하게 움푹한 곳

가죽 소파를 갖기 전까지는 인조 감촉이 차가울 줄 알았는데, 실제로 사용해 보니 상상과 조금 달랐다. 앉은 순간에는 체온을 다소 빼앗긴다. 그러나 한동안 앉아 있으면 체온이 고인 인조 가죽은 오히려 사람 피부처럼 따뜻한 느낌이다. 촉촉하고 부드러운 질감이어서 몸을 친밀하게 받아 준다.

몸의 열기가 가시자 잠옷을 입고 침실에서 담요를 가지고 왔다. 누아르에게 안기는 자세로 누워 몸에 담요를 덮었다. 아직 꽃향기가 남았다. 드라마를 보는 동안 의식이 가물가물 녹아내렸다.

행복하다. 좋은 향이 나고 따뜻하고 안심했다. 그러나 이대로는 안 되는 거겠지. 다음에는 괜찮은 사람과 만날 수 있으면 좋겠다. 내가 앉는 자리를 빼앗지 않는 사람. 깊이 숨을 들이마시고 내쉬었다. 누아르와 색조가 같은 윤택한 수면에 빠져들었다.

저거 저주받은 소파 아니야?라고 말하며 스미카가 얼굴을 찌푸렸다.

"너는 실시간으로 네 딸이 앉아 있는 소파를 두고 무슨 소리야."

고개를 돌리자, 올해 네 살인 스미카의 딸이 누아르의 등받이에 몸을 맡기고 좌석에 두 다리를 뻗고서 휴대용 게임기로 놀고 있었다. 아이는 카우치 소파처럼 앉을 수 있네, 하고 사이즈 차이를 홀린 듯이 바라보았다. 스미카는 상관하지 않고 무시무시한 소리를 이어갔다.

"그런 거 있잖아. 사람이 앉으면 죽는 의자. 그게 아마……."

"버스비의 저주받은 의자(1702년 잉글랜드에서 교수당한 살인자 토머스 버스비의 원혼이 붙어, 앉는 사람이 죽는다는 전설이 있는 의자. 박물관 공중에 매달려 전시되어 있다). 영국에 매달려 있는 거."

"그래, 그거의 결혼 버전. 앉으면 너무 편해서 결혼하기 싫어지는 소파. 하여간, 그러니까 이상한 거 사지 말라고 했는데."

"후후후후."

"생활방식이 달라지면 당연히 가구는 새로 고르는 법이잖아."

"가족 구성원에게 소중한 것이라면 어떻게든 남길 방법이 없는지 최소한 검토쯤은 하는 게 당연하지 않아?"

"억지나 부리고. 언니는 가만히 있으면 참 다정해 보

이는데 입을 열면 과격한 성격이 나와."

너야말로 그 말투는 엄마랑 똑같네, 라고 말하려다가 그만뒀다.

우리의 엄마는 정서가 살짝 불안정해서 자기 자식에게 매섭게 하는 사람이었다. 나는 "너처럼 건방지고 입만 살아서 협조성 없는 여자는 서른 넘으면 아무도 거둬주지 않아. 일찌감치 결혼해라"라는 소리를 사춘기 때부터 내내 들었다. 반대로 "귀엽고 다른 사람의 말을 잘 듣고 겸손해서 타고난 심성이 곱다"라면서 엄마가 집착한 여동생도 나름대로 부담을 느꼈나 보다. 결혼한 뒤, 배우자가 소유한 시가 근처 맨션으로 이사해 친정과는 거의 교류를 끊었다. 그런데도 때때로 엄마가 달라붙기라도 한 것처럼 고집스럽고 공격적인 말투를 쓴다. 아마도 여동생은 엄마와 동조하고 일체화하는 방법으로 사춘기를 극복했겠지.

"언니 이제 서른넷이잖아. 이렇게 좋은 조건, 앞으로 없을지도 모른다? 의사 사모님이라니 최고잖아. 그걸 소파 하나 때문에 거절하다니. 지금이라도 사과하고 관계를 회복하는 게 좋아."

"아니라니까. 소파는 중요해!"

요헤이 씨는 지인의 소개로 만난 마흔두 살 내과의였다. 세련되었고 유흥에 익숙한 분위기를 풍기는 사람이었다. 실제로도 젊었을 때 제법 많이 놀았던 듯하다. 요리를 잘하고 커뮤니케이션 능력이 뛰어나고, 제안하는 데이트 코스도 멋졌다. 요헤이 씨는 매끈매끈한 내 피부를 유난스럽게 칭찬했다. 대단한데, 그냥 이십 대로만 보여. 내 머리를 툭툭 쓰다듬으며 우리 아기 생쥐라고 기쁜 듯이 불렀다.

구체적으로 결혼하자는 이야기가 나와서 "내가 소유한 맨션으로 들어오면 좋겠어. 모에카는 아무것도 가지고 오지 않아도 되니까"라는 말을 들었을 때, 처음으로 뭔가가 걸렸다. 누아르를 가지고 가고 싶다고 하자 "나는 가구에 취향이 있거든. 가죽 소파를 좋아한다면 우리 집 분위기에 맞는 걸 같이 찾아줄게. 진짜 가죽에 좀 더 제대로 된 거"라고 유연하게 거절했다. 그래서 헤어졌다는 것이 스미카에게 한 설명이고, 이 사람과는 그만둬야겠다고 생각한 진짜 계기는 엎드려서 성행위를 하려고 했을 때, 허락도 구하지 않고 콘돔 없이 성기를 삽입하려고 했기 때문이다.

결혼도 염두에 둔 건 맞지만 그렇다고 갑자기 안에

하는 건 안 된다고 불평하자, 요헤이 씨는 "나는 처음부터 아이를 원한다고 말했잖아. 당신 나이는 알고 하는 소리야? 하루라도 빨리 임신할 수 있다면 오히려 기뻐해야지?"라고 마치 실수한 아이를 야단치는 말투로 말했다. 왜 내가 비난받는지 도무지 모르겠다.

그래도 누아르가 '결혼시키지 않는 소파'인 건 정말일지도 모른다. 누아르 문제로 껄끄럽지 않았다면 요헤이 씨의 거동을 그다지 의식하지 않았을 테고 콘돔 없이 삽입해도 몰랐을 가능성이 있다. 만약 안에 사정해서 임신이라도 하게 되면 아이 인생까지 책임져야 하니까, 헤어지는 문턱이 훨씬 높아졌겠지.

아니, 그렇지도 않나? 마사미는 부모가 싸우는 모습을 더는 보여주기 싫다면서 얼마 전에 초등학교 저학년인 아들을 데리고 이혼했다. 서른을 넘어서부터 일을 놓고 남편과 생각 차이가 심해져서 관계를 유지하기 어려워졌다고 한다. 지금은 종종 휴가를 받아 아들과 국내외 가리지 않고 여행을 다니며 앞으로의 생활에 관해 대화를 나눈다고 한다.

여동생을 상대로 삽입이니 사정 같은 소리는 하기 싫어서 대충대충 핵심을 흐리고 말했더니, 스미카가 정말로 화가 났는지 미간에 잔뜩 주름을 잡았다.

"나는 걱정하는 거라고! 나이 먹어서 같이 있을 사람도 없고 아이도 없는데, 그때 외로움을 느껴도 나는 언니 옆에 있지 못하니까."

"스미카, 나이 먹어서 같이 있어 줄 사람이 필요해서 결혼했어?"

"그래, 물론 지금은 괜찮지. 건강하니까. 그래도 힘이 점점 떨어지는 시기에 접어드는 걸 상상하면, 혼자 사는 거 나는 무서워서 못 해. 손을 뻗으면 닿을 거리에 누군가의 온기가 필요해. 그러니까 언니, 소파 같은 이상한 이유에 집착하지 말고…… 누구든 완벽하지 않으니까, 좀 어르고 달래서 어느 정도는 양보를 받아내겠다고 생각하는 게 낫다니까. 가족이니까 이러는 거야, 이런 바보 같은 소리를 하는 것도."

스미카의 표정이 진지했다. 진심에서 우러나와 나를 걱정해서 하는 말이다.

"너는 게이타 씨랑 정말 잘 지내고 있구나."

"응. 많이 싸우기도 하지만 나는 게이타를 좋아하고 게이타가 없는 인생은 상상할 수 없어. 생각 차이가 있어도 평생 같이 있을 것을 전제로 대화하고 있어."

마사미처럼 이혼을 선택하는 사람도 있고, 스미카처럼 결혼으로 구원받아 죽을 때까지 유지하고 싶은 사람도 있다. 사람은 저마다 다르다.

스미카가 손목시계를 확인하고 배 위를 짚으며 일어났다.

"아, 미안……. 슬슬 가야겠다. 넉넉하게 잡아 네 시간 정도일 것 같아. 윳코를 잘 부탁해."

"알았어, 잘 다녀와. 조심하고."

너무 이야기에 열중했다. 지겨웠는지 어느새 조카는 게임기를 손에서 놓치고 누아르에서 몸을 동그랗게 말고 자고 있었다. 스미카는 부푼 배를 신경 쓰며 일어나 신중한 걸음걸이로 집에서 나갔다. 오늘은 시가에 사정이 있는 모양이라 산부인과 검진을 받는 동안 나에게 딸을 맡아달라고 부탁했다. 둘째는 남자애라고 한다.

현관에서 스미카를 배웅하고 조용해진 거실로 돌아왔다. 아이는 정교하구나 싶어 조카의 잠든 얼굴을 무심코 정신없이 바라보았다. 머리도, 몸도, 이목구비도, 손톱도, 전부 다 작다. 아이라는 존재는 어딘지 덧없어 보인다. 그러나 무럭무럭 성장해 언젠가는 우리처럼 한 사람분 인생의 무게를 받아들인다. 이 작은 그릇에 잴 수 없는 시간과 질량이 잠겨 있다. 대단하다. 아름답다. 이 정교하고도 약한 것을 지키며 사는 건 힘들지만 자랑스러운 일이겠지.

나는 후회할까. 역시 그때 안에 사정하라고 할 걸 그랬다고, 인조 가죽 소파는 버릴 걸 그랬다고 생각하는 최악의 날이 언젠가 찾아올까.

몸을 지탱하던 힘이 스르륵 사라지고, 떨어진다. 눈 깜박이는 사이 엄마의 가슴이 멀어지고 어깨와 허리가 바닥에 내동댕이쳐진다. 아프지만, 그러나 울지 못한다. 슬리퍼, 눈앞에서 반짝이는 하얀 슬리퍼. 머리 위에서 떨어지는 호통. 깊은 아픔을 동반한 단편적인 기억이 되살아난다.

엄마 품에서 미끄러져 떨어졌을 때, 나는 조카와 비슷한 나이였다. 호빵맨 만화 영화를 보며 혼자 집을 보고 있었다. 도중에 영화에 질렸고, 바닥에 하나 떨어져 있던 초록색 크레파스에 시선이 갔다. 이유 같은 건 잘 모르겠다. 어린애였다. 얼마 후, 아직 걷는 것이 서툰 한 살배기 스미카를 업은 엄마가 두 팔 가득 짐을 들고 집에 왔다. 나는 기뻐서 현관까지 달려가 엄마 허리에 매달렸다. 엄마는 "미안하다, 혼자 외로웠지" 하고 미안한 듯 말하며 드물게도 나를 안아 들었다. 스미카가 태어난 이후로 안길 기회가 현저히 줄었는데, 오랜만에 엄마 향수 냄새를 맡아 기뻤다.

그리고 엄마가 거실 벽을 본 순간, 나를 바닥에 떨어뜨렸다.

가슴에 퍼지는 괴로움을 잊으려고 조카의 머리를 쓰다듬었다. 머리카락이 부드럽다. 얇은 입을 꾹 다물고 조카가 몸을 들썩였다.

누구나 확실한 내 편이라고 믿은 품에서 미끄러져 떨어진 경험이 있다. 그러니 안심하고 몸을 맡길 곳을 갈구하게 된다. 내 말대로 해주는 타인, 거절할 수 없게 만드는 육체, 장래 약속, 불안을 달래 주는 체온을 확보하려 한다.

"이 소파, 안심되지?"

조금 의기양양하게 속삭이며 조카의 몸에 담요를 덮어 주었다.

누아르에서 늘어진 나의 양쪽 허벅지 사이에 단단하고 늠름한 목덜미가 있다. 짧게 친 까만 머리카락은 이제 막 목욕을 마쳐서 아직 축축하다. 가마 주변은 머리카락 숱이 조금 적다. 최근 그게 신경 쓰여서 일주일에 한 번은 샴푸 전에 탄산수로 머리를 감는다나 보다.

"이야앗."

물컹, 하고 등 뒤에서 남자의 얼굴을 허벅지 사이에 끼웠다. 그러자 누아르 아래에 앉아 뉴스를 보던 미나토 씨가 납작해진 개구리 같은 소리를 내며 돌아보았다.

"모에카 씨, 아파. 입 안을 깨물었어."

"미안."

"목욕하고 잠옷을 바로 안 입으면 사십 대는 금방 감기 걸려. 팬티로 다녀도 되는 건 이십 대까지야."

"팬티로 유혹하는 거야."

"나 아직 술이 안 깼는데."

"에이, 하자."

"안 설지도 모르는데?"

"세워 줄게."

미나토 씨는 같이 일하는 잡화 전문 사외 디자이너다. 반년 전부터 가끔 밥을 같이 먹고 데이트를 한다. 미나토 씨는 초등학교 고학년 아들을 혼자 키워서 스케줄에 별로 여유가 없다. 하룻밤을 같이 있을 수 있는 건 극히 드물다.

매끈하게 움푹한 곳

오늘은 계속 준비했던 신상품 샘플이 공장에서 도착해 개발에 참여한 멤버끼리 축하 회식이 있었다. 미나토 씨는 이번 일의 일단락을 짓는 회식에 오려고 아들을 일부러 친척 집에 하룻밤 맡겼다.

나는 술을 깨려고 자몽주스를 마시며 미나토 씨의 목덜미를 내려다보았다. 파란 플란넬 잠옷 옷깃 사이로 목덜미에 난 점이 보인다.

시원하게 친 머리를 손가락으로 살살 간지럽혔다. 미나토 씨는 입술을 살짝 내밀고 계속 텔레비전을 응시했다. 상체를 숙여 잠옷 옷깃을 벌리고 목덜미의 점에 키스했다. 부드러운 천 위로 가슴을 더듬었다. 엄지로 감지한 작은 돌기를 뭉개며 굴리고, 다른 손으로 가슴부터 복근까지 넓게 더듬었다.

"으음."

미나토 씨가 턱을 들고 목을 울렸다. 기분 좋아 보여서 만지기만 하지 않고 젖꼭지를 살짝 꼬집었다. 마흔을 넘어서부터 페니스의 자극만으로는 사정이 어려워졌는지, 그는 처음 잤을 때 젖꼭지도 만져 달라고 수줍어하며 말했었다. 귀여운 사람이라고 생각했다. 그렇게 귀여운 면을 내보일 수 있다면 나이를 먹는 것도 괜찮다.

몸을 쓰다듬어 애태우는 것을 그만두고 두 손으로 젖꼭지를 비볐다. 미나토 씨가 연신 무릎을 세웠다가 쭉 뻗었다. 때때로 허리가 움찔움찔 예리하게 튄다. 다리 사이는 이미 부풀었다.

"아……. 젖꼭지가 기분 좋아. 그리고 머리에 부드러운 가슴이 닿으니까 지금 되게 행복해."

"오, 그거 다행이네. 이제 사정하고 싶어?"

"응."

숨이 거칠어진 미나토 씨의 머리를 쓰다듬고 나는 누아르에서 내려갔다. 티슈 상자를 당겨 오며 잠옷 바지를 벗겼다. 때때로 잠옷 너머로 젖꼭지를 깨물며 훑어 주자, 사정까지 오 분도 걸리지 않았다. 아, 아, 하고 소리 내며 미간을 찡그리는 얼굴이 섹시했다.

"좋았어? 잔뜩 나왔다."

"응, 좋았…… 아, 나왔으니까 이제 못 해. 두 번은 무리야."

"아."

이런, 그래도 재미있었으니까 괜찮나. 깔깔 웃으며 같이 한 번 더 목욕했다.

"침대 써도 돼. 좁으니까 나는 여기에서 잘게."

"괜찮겠어?"

"응. 드라마 보다가 잘 거야."

담요를 덮고 늘 하던 자세로 누아르에 기댔다. 그러자 미나토 씨가 나를 빤히 바라보았다.

"왜 그래?"

"아니……, 그거 괜찮다 싶어서."

"소파?"

"응. 이인용에 드러눕는 것과는 다른 안정감이 있어 보이네. 모에카 씨 몸이 작으니까 가능하지만. 아이도 종종 그런 거 하잖아. 움푹한 곳에 몸을 밀어 넣고 자는 것처럼."

"괜찮은 것 같으면 만들어 보지?"

"응?"

"이거…… 내 누아르는 덩치 큰 남자도 편하게 앉을 수 있게 설계된 소파거든. 남자 몸이 옆으로 누웠을 때 안기는 것처럼 폭 들어가는 일인용 소파도 괜찮지 않아?"

"그러게. 갖고 싶다. 잠이 잘 올 것 같아."

"푹 잘 수 있어. 원하는 걸 만들어 보는 것도 좋지."

"생각해 볼게. 잘 자."

잘 자, 하고 담요 끝에서 손을 내밀어 좌우로 흔들며

침실로 가는 미나토 씨의 등을 배웅했다. 평소처럼 최대한 차분한 기분을 유지하면서 텔레비전 화면을 바라보고 누웠다.

조금 무서웠다. 연인처럼 침대에서 같이 자도 괜찮지만, 미나토 씨는 한동안 재혼은 하지 않겠다고 선언했다. 삼 년 전에 사별한 아내를 마음속으로 정리하지 못했고, 사춘기를 맞아 정서가 불안정해지기 쉬운 아들에게 끼칠 영향도 고려하면 당분간은 변화를 선택할 수 없다고, 처음 점심을 같이 먹자고 했을 때 못을 박았다. 당신이 결혼을 바란다면 나는 절대로 좋은 연애 상대가 못 돼요.

그래서 지금 나와 미나토 씨의 관계는 친구다. 육체관계가 있는 친구. 스미카가 한탄할 짓을 또 하고 있다. 그래도 내 것을 빼앗지 않는 사람이라고 신뢰할 수 있는 남자는 정말 오랜만이었다.

누아르에 뺨을 댔다. 오늘도 따뜻하고 부드럽다. 그래도 좌석에서 체중이 제일 많이 실리는 위치는 패였고, 표면이 해져서 거칠다. 나를 안아 주는 이 까만 몸도 영원하지 않다. 무섭다. 그렇게 생각하고 잔 탓인지 또 슬픈 꿈을 꿨다. 나는 실패하고, 사랑을 잃고, 안겼던 품에

매끈하게 움푹한 곳

서 떨어진다. 안심했던 곳이 멀어진다. 간담 서늘해지는 부유감이 몸을 덮치고.

털썩, 탄력 있는 따뜻한 것이 나를 받아 주었다.

놀라서 눈을 떴다. 투명한 아침 햇살 가득한 거실 천장이 보였다. 발바닥에는 마룻바닥의 감촉. 떨어졌어? 아아, 자다가 누아르에서 떨어졌구나. 광택 있는 까만 덩어리가 시야 오른쪽을 채웠다.

떨어졌는데 아프지 않았다.

왜지, 몸을 일으키다가 엉덩이 아래에 따뜻하고 부드러운 것이 깔린 걸 알았다. 한동안 꿈에 나올 정도로 만지작대고 미세 조정을 반복해 어제 마침내 관계자 전원에게 완성품이 전달된 신상품 샘플.

보온 기능이 있는 길이 150센티미터 너비 50센티미터의 바디필로우다. 귀와 손발이 아주 긴, 흐물흐물해 보이는 토끼 모양은 미나토 씨가 디자인했다. 표면은 까끌까끌한 타월 원단인데 내부는 족욕 장화 세트에서 개량을 거듭한 보온성 높은 고무 소재로 만들었고, 뜨거운 물을 삼 리터 부으면 이불 안에서 최장 열 시간, 사람 체온과 비슷한 온도를 유지한다. 토끼가 두 손으로 쥔 당근은 주머니로, 아로마오일을 몇 방울 떨어뜨린 손수건을 넣어두면 향기도 즐길 수 있다.

낮은 탁자 위에 글을 휘갈겨 쓴 메모가 놓여 있었다.

[잠버릇 나쁘네. 또 봐.]

소파에서 떨어질 것 같은 나를 보고 주전자 두 개분의 물을 데워 주었구나. 장난기 있는 친구의 웃음소리가 들린 기분이었다. 따뜻한 토끼를 무릎에 얹고 누아르에 다시 앉았다. 인조 가죽의 해진 곳을 가만히 만졌다.

이제 나는, 적어도 '온기' 때문에 곤란할 밤은 없을 것이다.

어처구니없네, 라며 다들 비웃을까. 그래도 나는 꽤 믿음직스럽다고 생각한다.

스마트폰을 들고 소파 수선을 맡길 가게를 찾기 시작했다.

230밀리미터의 축복

장례를 치렀어요, 라고 그 편지는 시작했다.

[당신에게 받은 신발의 장례를 치렀어요. 두 번, 뒤축을 수리 보내고 세 번, 직접 도색을 새로 했어요. 소중히 아끼며 신었어요.]

가노 다쓰오는 먼 지방에서 도착한 편지를 꼼꼼히 다시 읽고, 편지지 마지막에 적힌 보낸 사람 이름을 봤다. 아마미 루루코. 이미 이 세상에 존재하지 않는 여자가 보낸 편지였다. 네 번 접어 책상 서랍에 넣고, 편의점에 축하 케이크를 사러 갔다.

가노가 그 여자와 만난 때는 떨어진 벚꽃잎이 길가에 풀 죽어 있는 봄의 끝 무렵이었다.

전부터 같은 연립주택에 조금 어두운 여자가 산다고 생각했었다. 거주민용 쓰레기장이나 근처 편의점에서 우연히 만났던 새우등의 젊은 여자. 언제나 연갈색 선글라스를 쓰고 다닌다. 오래되어 겉이 닳아 떨어진 신발을 신고, 오백 엔 할인 매대에서 끄집어낸 듯한 저가 옷을 입는다.

불행해 보이는 여자같이 귀찮은 생물과는 상관하지 않는 게 제일이다. 그렇게 생각하면서도 옆모습이 학창 시절에 좋아했던 여자와 비슷한 것 같아 마음이 갔다. 인사를 주고받다가 조금씩 가까워지고 날씨 이야기쯤은 나누게 되었다.

연립주택 바로 뒤 코인세탁소에서 마주친 어느 날 밤, 빨래 건조를 기다리는 동안 말을 걸었다.

"저는 종종 한가할 때 술을 마시며 제 신발을 고치는데요, 그쪽 신발도 고쳐드릴까요? 하는 김에."

갑작스러운 제안에 여자가 패션 잡지를 읽다 말고 고개를 들었다. 밤인데도 쓰고 있는 선글라스 안쪽, 쌍꺼풀 또렷한 눈이 가노를 응시하더니 의아하다는 듯 자기 신발을 내려다보았다. 청바지 밑단에서 보이는, 끝이 찌부러진 까만 펌프스. 측면 도료가 벗겨졌고 전체적으로 색이 바랬다.

여자의 도톰한 입술이 아, 하는 형태로 움직였다. 자기 신발이 상한 줄 몰랐나 보다. 여자는 부끄러운 듯이 눈썹을 모았다.

"괜찮아요. 버리고 새로 살게요."

"그래도 금방 고칠 수 있어요, 그 정도라면요. 버리기 아깝지 않아요?"

금방은 과장이었다. 나름대로 시간이 걸린다. 그러나 가노는 여자의 신발을 고쳐 주고 싶었다. 여자의 지갑 사정에 여유가 없는 것은 옷만 봐도 알았다. 그것 이외에도 가노는 종종 목격하던 이 여자에게 희미한 연대감을 품었다. 싱크대 안에서 바퀴벌레가 기어 나오는 싸구려 연립주택의 거주자만이 느낄 수 있는 동지애라 해야 할까. 가정을 잃고 이사 온 지 얼마 안 된 가노 역시 별로 행복하지 않은 시기였다. 여자의 신발을 고치는 것이 자기 신발을 고치는 것과 같은 일로 보였다.

"사흘쯤 맡겨 주시면 예쁘게 고쳐서 돌려드릴게요."

짧게 침묵하는 동안, 여자가 무슨 생각을 했는지는 모

230밀리미터의 축복

른다. 그래도 잠시 후, 여자는 눈살을 찌푸리며 쓴웃음
을 짓고는 그럼 부탁드릴게요, 하고 고개를 숙였다.

아마미라고 이름을 댄 여자는 가노의 바로 윗집에 살
았다. 세탁물을 한 손에 들고 여자의 방까지 가서 벗은
신발을 받고 돌아오려던 순간, 여자가 가노의 폴로 셔츠
끝을 움켜쥐었다.

"제 얼굴을 아세요?"

돌아보자 여자가 선글라스를 벗었다. 신기한 소리를
한다 싶어 가노는 의아하게 여기며 여자의 얼굴을 살펴
보았다.

역시 어디서 본 것 같은 얼굴이다. 나이는 가노보다
조금 젊을 것이다. 하얗고 잡티 하나 없는 달걀형 얼굴
에 조금 처진 커다란 눈. 입술 아래에는 점이 두 개. 시
원한 바람이 그쪽으로 불어가는 듯이 시선을 훅 끄는
미인이다. 그래도 역시 어딘지 연약해 보이고 행복이 흐
릿한 얼굴이다. 중학생 때 좋아했던 옆 반 여자와 닮았
다. 그러나 이름이 생각나지 않는다.

"같은 중학교였나요?"

여자의 눈이 동그래졌다. 간지러운 것처럼 입술을 움
직여 조금 웃었다.

"아마미 루루코라고 해요. 신발, 잘 부탁드려요."

갑자기 이름을 전부 말하더니 루루코는 현관문을 닫았다.

가노는 도쿄 도내에 수십 개 점포를 운영하는 대형 가구 제조사의 신주쿠 본점에서 리빙 코너 책임자로 일한다. 입사 십 년 차. 수입은 평균적인 수준이지만, 초기부터 오테마치, 아오야마, 아키하바라 등 도심의 대형 매장을 맡아서 보람 있고 충실한 나날을 보냈다. 접객은 가노의 성격에 잘 맞았다. 앞에 선 손님의 집 구조나 지갑 사정, 취향과 기호를 상상해 적합한 상품을 제안하는 것이 즐거웠다. 붙임성 있는 가노는 고객에게도 직원들에게도 평판이 좋았고, 그가 담당하는 부문의 매출은 언제나 호조를 보였다.

점심시간, 매장을 관리하러 바삐 돌아다니느라 지쳐서 휴게실로 들어갔는데, 직원이 놓아둔 과월호 잡지가 소파 옆에 쌓여 있는 것이 보였다. 가노는 뜨거운 물을 부은 컵라면이 완성되기를 기다리며 아무 잡지나 펼쳤다. 아는 만화는 대충 훑고 마지막 그라비아 페이지를 넘겼다. 라면을 먹으며 두 권째 잡지로 손을 뻗었는데,

페이지를 넘기던 손이 멎었다.

그라비아 코너 마지막, 한 페이지에서 육 분의 일쯤 되는 작은 공간에 본 적 있는 여자가 찍혀 있었다. 레몬색 비키니에서 흘러넘칠 듯한 풍만한 가슴을 아슬아슬한 각도로 포착했다. 여자의 눈 주변, 어딘지 가학성을 자극하는 달짝지근한 그늘이 익숙해서 이름을 찾았다. '기적의 예쁜 가슴☆ F컵 아이돌 아마미 루루코'. 상황을 이해하기까지 오 초가 걸렸다. 그러니까 그 존재감 흐릿한 여자가 그라비아 아이돌이었나. F컵일 정도로 가슴이 컸나. 잘 모르겠다. 그래도 새우등이었던 걸 기억한다. 그래서 몰랐을 수도 있다.

가노는 잡지 표지를 확인했다. 작년 십일월호. 그러니까 반년 전 잡지다. 신기한 우연도 다 있다 싶어 둥글게만 잡지로 어깨를 두드리며 빈 라면 용기를 버리고 휴게실을 나왔다.

그날은 예산안 작성에 시간이 걸려서 히가시나가노 연립주택에는 자정이 다 되어서야 돌아왔다. 발을 디딜 때면 깡깡 작게 소리가 나는 철제 계단을 올라가 이 층에 있는 집으로 향했다.

문득 무언가에 홀린 듯이, 발소리를 살짝 죽이고 한 층 더 계단을 올라갔다.

계단참에서 고개를 빼 엿본 곳, 302호실. 루루코의 집은 불이 꺼져 있었다.

목욕을 마친 가노는 한 손에 맥주를 들고 루루코의 신발을 끌어왔다. 신문지를 펼쳐 그 위에 올렸다. 까만색 인조 가죽 펌프스다. 사이즈는 230밀리미터, 5센티미터 굽이 달렸다. 색이 벗겨지고 가죽 표면이 일어난 것 이외에, 뒤집었더니 굽 고무 바깥쪽이 닳은 게 보였다. 걸을 때 특이한 습관이 있나 보다. 인간은 생각보다 바른 자세를 유지하며 걷는 것을 어려워한다. 가노도 운동화 발끝이 잘 닳는 습관이 있다. 맥주를 홀짝이고, 먼저 굽 수선부터 시작하기로 했다.

대학생 때, 신기하다는 이유로 신발가게에서 아르바이트한 적이 있다. 판매하면서 수리나 맞춤 제작 등 뭐든지 하던 상점가의 신발가게였는데, 간단한 수리는 아르바이트생에게 시킬 때가 많았다. 전문점에 가면 천 엔이나 천오백 엔쯤 공임이 드는 수리가 사실은 주변의 공구로 간단히 할 수 있는 것을 알고, 가노는 학과 친구들의 신발을 고쳐 술값을 벌곤 했다.

다 마신 맥주 캔을 거꾸로 놓고 펌프스의 발 들어가는 부위를 걸쳤다. 작업하는 동안 신발을 지탱하는 받침대 대신이다. 이건 신발가게 주인에게 배웠다. 공구함에서 펜치를 꺼내 굽 끝의 닳은 고무를 벗겼다.

삼십 분 정도로 작업은 끝났다. 굽에 고무를 새로 끼우고, 삐져나온 부분을 줄로 조정한다. 색이 벗겨진 곳에는 까만 크림을 발랐다. 이제 내일 크림이 말랐을 때 왁스로 광을 내면 완성이다. 오랜만이었는데 생각보다 잘했다. 가노는 기분 좋게 맥주를 한 캔 더 땄다.

술이 들어가면 시간이 일그러진다.

그날 밤, 딸의 꿈을 꿨다.

두 살배기 딸을 유아차에 태우고 공원에 산책하러 가고 있었다. 계절은 가을이었다. 복사뼈가 묻힐 정도로 높이 쌓인 낙엽을 걷어차며 붉은 석양을 향해 걸어갔다. 무릎 덮개 아래로 삐져나온 양말 끝을 흔들면서 아우아우하고 물기 어린 소리를 내는 딸의 모습은 유아차 차양에 가려 잘 보이지 않았다.

이제 저녁 먹을 시간이니까 집에 가야 한다고 생각하는데, 다리가 자꾸만 돌아가기를 거부하는 그런 꿈이었다. 해 저무는 외길을 끝없이 걸어가는 동안, 딸의 소리가 들리지 않게 되었다. 시선을 내려도 딸의 사랑스러운 발은 이미 보이지 않고, 젊은 여자의 것인 듯한 마른 발가락이 무릎 덮개 아래로 가만히 엿보였다. 유아차에 탄 것이 정말 딸인지 이제는 알 수 없었는데, 알아차리지 못한 척하고 슬픈 기분으로 언제까지나 걸었다.

알람이 울린 순간, 즉각 기저귀를 확인해야 한다는 생각에 벌떡 일어났다. 신생아는 엉덩이에 염증이 잘 생긴다. 아침 기저귀 교체는 아내보다 잠귀가 밝은 가노의 담당이었다. 바로 옆 이부자리, 토끼 일러스트가 그려진 타올 원단 시트가 젖지 않았는지 손을 뻗었다.

까끌까끌 거친 다다미에 손바닥이 긁혀 가노는 간신히 각성했다. 딸은 이미 기저귀를 차지 않는다. 기저귀는커녕 내년 봄부터 반짝반짝한 책가방을 메고 초등학교에 갈 것이다. 이미 성씨도 다른 딸과 가노 사이에는 매달 칠만 엔의 양육비 입금 이외에는 아무 접점도 없다. 형제자매나 친척도 없고 부모님마저 이미 떠난 가노는 이 세상 누구와도 호적상으로 이어져 있지 않다. 오로지 혼자, 쏟아지는 빗줄기처럼 하늘에 떠 있다.

머리맡 알람시계를 봤다. 오전 다섯 시 반. 어제 오전

230밀리미터의 축복

출근 시각으로 맞춰 놓은 그대로다. 오늘은 오후 출근이라 정오가 지나 집에서 나간다. 가노는 가물거리는 눈을 부릅떠 커튼 틈새로 밖을 봤다. 봄의 새벽은 아직 얕고 세계는 푸르렀다.

전처와는 점원과 손님이라는 관계로 만났다.

입사 이 년 차, 가노가 아오야마점 리빙 코너에서 손님 응대를 하던 어느 초저녁, 보기에도 고급스러운 원피스를 입은 젊은 여자가 하이힐 굽 소리를 내며 저벅저벅 다가왔다. 가노의 팔을 붙잡고 저거랑 이거랑 그거랑, 하고 대형 가구 몇 개를 가리키더니 "전부 합쳐서 몇 LDK(거실, 식당, 부엌의 영어 첫 글자를 따서 만든 일본식 줄임말로 거실 겸 식당 역할을 하는 공간을 말한다. 그 앞에 숫자를 붙여 집 전체에 방이 몇 개인지 표현한다)짜리 거실이면 들어갈까요?"라고 진지하게 물었다. 명청한 질문을 듣고 가노는 황당해서 LDK는 거실 크기를 말하는 단위가 아니라고 말을 골라가며 설명했다.

여자는 부친이 경영하는 소프트웨어 개발 회사에서 시스템 엔지니어로 일하는 금지옥엽 공주님이었다. 과보호하는 아버지에게 반발해 본가에서 나오기로 마음을 먹었으나, 막상 자립하려고 하니 무엇부터 해야 하는지 몰랐다. 우선 퇴근길에 아무 성과 없이 집에 가기 싫어서 눈에 보인 이 가구점에 급히 들어왔다고 했다. 가노는 마치 외계인의 이야기를 듣는 기분으로 여자의 신상을 듣고서, 일단 살 집을 정하지 않으면 가구를 고르기 어렵고 여자 혼자 살 거라면 방범 시설이 잘 갖춰진 집을 고르라고 조언했다. 여자는 심각한 표정으로 가노의 설명을 듣고, 마지막으로 연락처를 달라며 하얀 손바닥을 내밀었다.

다음 날부터 가노의 메시지함에는 맨션 찾는 방법이나 계약 방법에 관해 상세히 묻는 여자의 질문이 들어오기 시작했다. 수도꼭지를 돌려도 물이 안 나오는데요. 가스는 어디에 전화하면 돼요? 귀찮은 일에 휘말렸다고 얼굴을 찌푸렸으나, 가노는 일하는 틈틈이 여자의 질문에 성실히 답을 보냈다. 여자가 제시한 가구 구매 자금이 월등하게 많았기 때문이었다. 잘만 유도하면 월 목표 예산까지 부족한 백오십만 엔가량의 매출을 이 세상 물정 모르는 공주님 한 명으로 메울 수 있을지도 모른다.

이 주 후, 가노는 여자의 새집에 가구 일체를 운반해 그 달의 목표를 무사히 달성했다. 호두나무 원목 탁자,

이탈리아 브랜드 소파 등 합계 백삼십오만 엔을 망설이지 않고 카드 일시불로 낸 공주님은 메이코라고 이름을 밝혔다. 도움을 받았으니까 감사 인사를 하고 싶다면서 지유가오카의 프랑스 레스토랑에 가자고 했고, 예상치 못하게 그날부터 교제를 시작했다.

때 묻지 않은 메이코의 어수룩함과 순진함은 매일 매장 내 번거로운 인간관계를 조율하고 고객 불만에 대처해야 하는 가노에게, 차가운 물처럼 신선하게 다가와 가슴을 씻어 주었다. 메이코는 접객업을 하는 인간은 상상도 못 할 정도로 숨김없이 타인에게 호의와 악의를 드러냈다. 저 사람 좋아, 저 사람 싫어, 당신은 그러네, 좋아해, 좋아하지만 좀 더 옷을 멋있게 입어 봐. 또랑또랑한 메이코의 말투가 자신을 향할 때만은 조금 흐려지고 수치심이 깃든다. 그걸 알아차린 순간, 가노는 도수 센 술을 마셨을 때처럼 만취한 기분이었다.

사무실에서 일하는 메이코에게도 손님 한 명 한 명을 상대해야 하는 가노의 착실한 업무가 신기해 보였을지도 모른다. 두 사람은 일 년쯤 교제하고, 메이코 아버지의 반대를 무릅쓰고 결혼했다. 서로 모아 둔 돈으로 맨션 계약금을 내고, 가구는 대부분 메이코가 산 새것이나 마찬가지인 물건을 들였다.

서로 가치관의 요철을 메우는 듯한 자극적이고 즐거운 결혼이었다. 화려한 세계에서 살던 메이코는 늘 밝고, 최신 유행을 잘 알았다. 결혼한 뒤 시스템 엔지니어에서 사무 아르바이트로 직종을 바꿨고, 대신 소꿉장난하듯 집안일을 하기 시작했다. 빨래하다가 탈의 공간을 침수시키고, 요리를 하면 설익은 고기감자조림을 식탁에 내놓았다. 메이코는 청소도 요리도 정말 아무것도 못하는 여자였다. 그래도 가노는 어설픈 메이코의 손을 붙잡아, 집안일 하는 법을 가르쳐 주고 생활을 만들어 가는 시간을 사랑했다.

부부 사이에 조금씩 뒤틀림이 생기기 시작한 것은 메이코가 임신한 무렵부터였다.

만지지 마, 라며 처음으로 손을 뿌리쳤을 때 가노의 머릿속은 새하얘졌다.

임신 이 개월이 지나자 메이코는 가노와의 접촉을 일절 거부하게 되었다. 받아들이지 못하겠어, 라고 했다.

"나도 잘 모르겠어. 그래도 싫어."

얼굴을 찌푸린 메이코는 아르바이트를 그만두고, 익숙해지기 시작한 집안일도 손을 놓고 혼자 방에 틀어박혀 그저 음악만 듣거나 임신부나 엄마가 모이는 인터넷 게시판을 몇 시간이나 들여다볼 때가 많았다.

가노는 도무지 이해할 수 없었다. 아내가, 분방한 면이 분명히 있긴 했지만 자신과 함께 사는 것을 좋아했던 메이코가 왜 갑자기 달라졌는가. 공갈이나 마찬가지인 불만 사항 대처에 쫓기다가 녹초가 되어 집에 돌아오면, 아내는 이미 친구와 식사를 마치고 자고 있었다. 아침 인사도 저녁 인사도 없는 날들이 이어졌다. 가노는 가능한 한 임신 중에 부족하기 쉬운 영양을 배려한 요리를 만들고, 입맛에 맞는 과일이 떨어지지 않게 냉장고에 챙겨두며 마음을 썼다. 청소도 빨래도 일찍 퇴근하는 날에 어떻게든 해냈다.

그러나 보너스 지급 시기처럼 가노의 일이 바빠질 때면 집안일에 손을 대지 못해서 금세 집이 어지러워졌다. 메이코는 방에 쌓인 먼지를 가리키며 태아에게 나쁜 영향을 준다고 고함을 질렀다. 당신은 아빠로서 자각이 부족해, 이 세상의 다른 아빠들은 더 잘해 준단 말이야, 라며 몇 시간이든 소리를 질러댔다. 가노는 야차처럼 눈을 부릅뜬 메이코를 앞에 두고 넋을 잃었다. 오늘도 예정에 없던 조기 출근을 하느라 네 시간밖에 못 잤다. 싱크대에 쌓인 지저분한 그릇을 설거지하는 것이 한계였다. 잘 모르겠다. 무슨 일이 벌어진 걸까.

제일 괴로운 것은 자신이 곁에 다가갈 때마다 마치 더러운 것이 왔다는 듯이 아내가 눈살을 찌푸리는 것이었다. 일주일에 두세 번, 끌어안고 서로를 보듬던 시기가 그리워서 슬펐다.

키워드는 호르몬이야, 라고 웃은 사람은 매장에서 천 제품을 담당하는 중년 주부 아르바이트생이었다.

들어 보니 임신하면 많은 여자가 정서 불안정이 되기도 하고, 지금까지 괜찮았던 것을 갑자기 거부하게 되고, 남편의 체취를 견디지 못하기도 한다는 것이다. 일시적인 병과 같은 것이니까 다정하게 곁에서 도와줘. 임신한 상태가 얼마나 괴로운데. 배는 무겁고 짜증이 나고 등이나 다리 관절도 아파. 다 이해한다는 듯한 표정으로 주부가 말하며 어깨를 두드렸을 때, 가노는 현기증을 느꼈다. 냄새? 냄새가 뭐 어쨌다고?

저녁, 집에 와 보니 메이코는 아침에 입었던 잠옷 차림으로 다다미방 이부자리에 누워 있었다. 가노는 중국식 냉면과 닭고기찜을 준비하고 메이코를 깨우러 방으로 갔다. 이쪽을 향한 등이 묵직했다. 임신 육 개월이 되어 조금은 살이 붙은 듯했다.

메이코, 하고 부르며 깨우려는데 낮에 주부에게 들은 말이 귓가에 아른거렸다. 가노는 이부자리 위에 무릎으로 앉아 손을 내밀어 아픔을 달래는 것처럼 메이코의 등을 쓰다듬었다.

철썩, 건조한 소리가 울렸다.

손을 얻어맞은 것을 순간 이해하지 못했다.

"싫다고 했잖아! 아내가 이렇게 힘든데 무슨 생각이야? 당신, 진짜 머리가 이상해. 미쳤어. 미쳤다고! 자기 생각만 하지! 맨날, 맨날, 내가 무슨 생각을 하는지도 모르고 당신은 당신 생각만 한다고!"

돌아본 메이코가 날카롭게, 매섭게 가노를 노려보았다. 증오 어린, 바늘처럼 뾰족한 눈이었다. 가노는 혀가 바짝 마르는 것을 느끼며 아니야, 그런 뜻이 아니었어, 하고 잠꼬대처럼 중얼거렸다.

"저녁 다 차렸어."

"······필요 없어. 냄새만 맡아도 토할 것 같아. 문 닫아줘."

메이코는 우울한 얼굴로 고개를 젓고, 몸을 지키려는 것처럼 이불을 뒤집어썼다. 가노는 고개를 끄덕이고 얼굴을 일그러뜨린 채 방에서 나왔다.

자신 안의 부드럽고 묽은, 메이코 곁에 가고 싶다고, 가게 해 달라고 갈비뼈 안쪽에서 버둥거리던 자그마한 생물이 짓밟힌 기분이었다. 그 나약한 생물은 죽고 말았다. 그날 밤, 가노는 중국식냉면 이 인분을, 눈을 커다랗게 뜬 채 소리 하나 내지 않고 울면서 먹었다. 다 먹지 못해 절반 가까이 쓰레기통에 버렸다.

그로부터 얼마 후 딸이 태어났다. 순수하고 눈동자가 아름다운 빛 덩어리 같은 딸.

출산 후, 메이코는 홀린 것에서 풀려나기라도 한 듯이 온화해졌다. 가노가 만든 요리를 먹었고, 딸을 달래며 화창한 날에는 다시 집안일을 시작했다.

활발한 딸을 재운 한밤중, 메이코가 창백한 얼굴로 가노의 등에 이마를 댔다.

"나, 병이었어."

"알아."

"왜 그렇게 됐는지 모르겠어. 너무 불안정하고 우울한 생각이 끊이지 않았어. 그러는 사람도 있대."

"그랬었나 보네."

"용서해 주면 좋겠어."

"용서했어."

"거짓말."

메이코의 하얀 손은 손끝이 옷에 파묻힐 만큼 가노의 어깨를 움켜쥐었다가, 그대로 팔을 타고 내려와 숨이 끊어진 날벌레처럼 시트에 떨어졌다. 가노는 움직이지 않는 아내의 손끝을 묵묵히, 조용히 바라보았다.

출근 전, 가노는 잘 닦은 펌프스를 봉지에 넣어 루루코의 집 문손잡이에 걸어 두었다. 그날 밤, 내일은 쉬는 날이라 모처럼 술을 마시며 컴퓨터에 녹화해 둔 방송을 보고 있는데, 조심스럽게 현관문을 두드리는 소리가 났다. 문구멍의 동그란 시야에 선글라스를 낀 여자의 얼굴이 비쳤다.

문을 열자 늦은 시간에 죄송해요, 하고 선글라스를 벗은 루루코가 고개를 숙였다.

"구두, 고맙습니다. 그렇게 반짝반짝해질 줄 몰랐어요."

그러더니 무거워 보이는 비닐봉지를 내밀었다. 봉지 안에는 누에콩 알갱이가 대량으로 들어 있었다. 껍질을 막 깠는지 아직 표면이 싱싱하고 풋내가 났다.

"본가에서 보내 준 거예요."

"까기까지 했어?"

"네."

"고마워, 맥주 안주로 딱 좋겠어. 나도 한가하고 이웃 사촌이니까, 또 뭐 고칠 거 있으면 편하게 말해."

가노는 루루코의 신발을 힐끔 봤다. 오늘은 부드러운 가죽 부티다. 발가락 끝에 빗물 자국이 있다. 루루코는 가노의 시선을 따라가더니 쓴웃음을 지으며 발끝을 포갰다.

"너무 보지 마세요."

"그 얼룩도 제거할 수 있어. 굽도 닳아서 걷기 힘들지?"

"가노 씨, 좀 심술궂네요."

아랫입술을 내민 루루코의 얼굴은 낮에 잡지에서 본 것과 같았다. 다만 입가에 점의 개수가 다르다. 잡지에서는 하나이고 지금은 두 개다. 촬영할 때는 보정해서 하나를 지운 걸까.

"잡지, 봤어. 우연히 본 거야. 유명인이었네. 말이 이상하게 들릴지 모르는데 예뻤어."

루루코의 눈이 동그래졌다. 잠시 뜸을 들인 뒤, 안쓰럽게 눈썹을 늘어뜨리며 웃었다.

"유명하지 않아요. 도무지 인기가 없지만……. 그래도

고맙습니다."

그럼, 하고 고개를 숙인 루루코를 배웅하고 가노는 문을 닫았다. 루루코의 부드러운 말씨는 아내와 처음 만났을 때의 느낌과 마찬가지로 가슴 안쪽에 기분 좋은 상쾌함을 남겼다.

누에콩은 소금으로 간해서 삶았다.

이틀 뒤, 또 루루코의 신발을 맡았다. 가죽 부티와 굽이 닳은 뮬. 일주일 걸려 고치고 또 문손잡이에 걸어두었다. 그 후로도 가노는 한가한 밤이면 루루코의 신발을 계속 맡았다. 에나멜 펌프스, 반짝이가 들어간 뮬, 발목 부분이 좁은 끈 달린 부츠. 흠집이 있거나 도료가 벗겨졌거나 바닥이 닳은 그것을 정성 들여 고쳤다. 루루코는 발 바깥쪽에 체중을 싣는 습관이 있나 보다.

아름다운 대신 라인이 가늘어서 아무리 봐도 발을 고통스럽게 할 것 같은 여자 신발을 묵묵히 고치다 보면 신기하게도 가슴 어딘가가 평온해졌다. 루루코가 흠 없이 반짝이는 신발을 신고 걸어가는 모습을 보면 기쁘다. 왠지 모를 불행의 그림자만 지우면 루루코는 참 예쁜 여자였다. 그녀의 아름다움에 힘을 보태 이 평범하디 평범한 낡은 연립주택에서 세상으로 신데렐라를 내보내는 기분이다.

여름 할인 행사도 끝난 어느 휴일, 다 고친 신발을 루루코에게 전해주러 갔는데, 봉지 걸린 손잡이가 돌아가고 안에서 루루코가 고개를 내밀었다.

"가노 씨."

"오, 웬일이야."

"오늘은 쉬는 날이요. 가노 씨도 쉬세요? 괜찮다면 맥주라도 드실래요?"

"그래도 돼?"

"그럼요. 집에서 또 채소가 왔는데, 혼자서는 다 못 먹어서 맨날 썩히거든요. 같이 먹어요."

루루코의 방은 전체적으로 물건이 적고 정돈되었다. 배치도는 가노의 집과 다르지 않다. 부드러운 감촉을 좋아하는지 털 달린 쿠션이나 소파 커버가 눈에 띄었다. 나무판자로 된 부엌에는 겉에 '나가노 사과 공주님'이라고 인쇄된 커다란 상자가 천장을 향해 입을 벌렸다. 안을 보니 토마토와 가지, 무 따위가 틈 하나 없이 채워져 있었다. 초록색이 눈에 선명한 콩류도 많았다.

"대단하네."

"그렇죠? 이웃이랑 나눠 먹으라는데, 저는 이웃이랑

교류가 별로 없어서요. 시골에 사는 부모님은 그런 걸 상상도 못 할 거예요. 튀김을 만들 거니까 잠깐 기다리세요."

몸에 붙는 티셔츠와 반바지 차림인 루루코는 가볍게 말한 뒤 가노를 다다미방으로 안내했다. 세 평쯤 되는 방 중앙에 낮은 탁자와 방석이 놓여 있었다. 등 뒤에서 루루코가 튀김 만드는 소리를 들으며 가노는 베란다로 통하는 유리문을 뒤덮은 암막 커튼을 바라보았다. 틈 하나 없이 착 쳐 두었다. 색은 여성스러움과는 거리가 먼 칙칙한 파란색. 오늘 날씨가 분명 별로긴 했고 오후에는 비도 온다고 했지만, 해가 높이 떴을 때부터 이렇게 쳐 놓는 게 맞을까. 밖의 햇빛이 전혀 들어오지 않는다.

루루코는 접시 한가득 채소와 어묵튀김, 그리고 썰어서 된장에 무친 오이를 가지고 왔다. 냉장고에서 차가운 맥주를 몇 캔 꺼내 낮은 탁자에 놓고서 가노에게 권하고 자기도 맥주를 땄다. 가노는 건배 대신 캔을 들어 보이고, 둥글게 썬 가지튀김을 젓가락으로 집었다. 입에 넣자 아삭아삭하고 가뿐한 식감이 좋았다. 황금빛 튀김옷에 뿌린 소금이 채소의 단맛을 적절하게 끌어냈다.

"맛있다."

"다행이다. 요리를 좋아하거든요. 안주 말고는 못 만들지만."

"맛있어, 정말로. 놀라운데."

"그라비아 아이돌의 취미가 요리라니, 너무 뻔해서 가짜 같지만요."

"괜찮지 않아? 꿈을 파는 일이니까 취미가 낚시나 파친코라고 하는 것보다 사회에 도움이 돼."

루루코가 후후, 하고 한숨 쉬듯 웃었다.

술이 들어가기 시작하자 루루코는 마치 대화에 굶주렸던 것처럼 많은 이야기를 꺼냈다. 자기 일, 채소를 보내준 나가노의 가족.

원래 처음에는 배우가 되고 싶었다고 한다. 고등학생 때, 우연히 십 대 대상 패션 잡지 오디션 공고를 보고 지원했다가 3위에 입상하며 모델 소속사에 들어갔다.

"그래도 결국 안 됐어요."

"왜?"

"스무 살 무렵부터 가슴하고 엉덩이가 너무 커져서요. 옷이 예뻐 보이게 하는 게 일인데 균형이 나빠졌어요."

모델 일이 사라지고, 대신 들어온 것이 그라비아 의뢰였다. 그래도 매니저가 이건 기회라고 했다. 그라비아 출신 배우는 많다. 옷보다 신체와 얼굴 클로즈업이 많은 만큼 팬의 기억에 남기도 쉬워진다. 결국 루루코는 매니저의 권유에 따라 옷을 벗고, 당장 가슴이 흘러넘칠 것 같은 아슬아슬한 수영복을 입기 시작했다. 그로부터 육 년. 잡지 외에 비디오 전용 영화에도 몇 편쯤 출연했고, 톱 아이돌까지는 아니어도 일정한 팬이 붙었다.

"그래서 프로필은 스물두 살이지만 사실은 스물여섯 살이에요."

술이 약한 체질인가 보다. 맥주 한 캔으로 뜨거워진 손가락을 이리저리 흔들며 루루코가 즐겁게 고백했다.

"조금씩 팬도 늘고 있으니까 이제부터예요."

가노는 어중간하게 맞장구를 쳤다. 루루코가 같은 연립주택에 사는 것을 알고 단순히 흥미로 '아마미 루루코'를 인터넷에서 검색한 적 있다. 'AV 데뷔가 기대되는 그라비아 랭킹'이라는 그라비아 아이돌 팬 게시판이 바로 나왔는데, 게시글을 살펴보니 루루코는 6위였다. 허리 라인이 야하다, 마시멜로 같은 가슴이 좋다, 같은 호의적인 댓글의 나열 사이에 '슬슬 한물갔으니까 벗겠지'라는 신랄한 문장이 가시처럼 섞여 있었다.

맥주 한 캔을 다 비우고 가노는 커튼을 가리켰다.

"전부터 궁금했는데 눈이 안 좋아? 밤에도 선글라스를 끼고 커튼도."

"여기로 이사 오기 전에 곤란한 팬이 쫓아다녔어요. 속옷을 훔치고 우편함에 매일 편지와 더러운 게 든 콘돔을 넣어놓고. 그래서 남한테 얼굴을 보이기 싫어서."

"그거 너무한데."

"그래도 그런 일이 흔해요. 여기도요, 집주인이 소속 사람 잘 아는 할아버지여서 무슨 일이 있으면 바로 달려온다고 해서 골랐어요. 그래도…… 그러네, 가노 씨가 있는 동안에는 커튼을 젖혀 두는 편이 좋겠다."

순간 의미를 파악하지 못해 가노는 눈만 깜박였다. 커튼에 손을 댄 루루코를 바라보다 깨달았다.

"아, 그렇지. 젖혀 두는 게 안심되겠어."

루루코가 돌아보고 고개를 갸웃거리더니 한 박자 쉬고 웃음을 터트렸다.

"이런, 그런 의미가 아니에요. 죄송해요. 남자랑 있는 모습을 밖에 보이면 오히려 이상한 사람이 접근하지 않을 것 같아서."

"나를 너무 안전하게 보는데?"

"내가요, 그런 쪽으로 감이 예리해요. 이런 일을 하니

　　　　　　　　　　　230밀리미터의 축복

까요. 가노 씨는 처음 만났을 때부터 나를 여자라기보다 길가에 버려진 불쌍한 개나 고양이를 보는 눈으로 봤으니까."

가노는 문득 피부 안쪽을 루루코에게 들킨 듯한 거북함을 느꼈다. 작은 뱀이 파고든 것처럼 하복부 안쪽이 순식간에 차가워졌다. 간신히 입으로 웃으며 너무도 유감이라는 듯이 어깨를 으쓱였다.

"그럴 생각은 없었는데 날 믿어 주는 건 기쁘군."

"후후후."

유리창을 열고 방충망을 친 루루코는 자리로 돌아와 웃는 얼굴로 두 캔째 맥주를 땄다. 가노의 손에도 추가로 맥주를 밀어 주었다.

"뭐든 괜찮아요. 기뻤어요. 나는 친구도 별로 없어서, 이렇게 이웃과 교류하는 거 동경했어요."

"그래?"

"신발, 늘 고맙습니다. 수리해 주는 거, 간질간질한 느낌도 들고 기뻐요. 긁혀서 흠이 나도 가노 씨한테 고쳐 달라 해야겠다고 생각할 수 있어서 정말 기쁘거든요. 감사 인사니까 술도 음식도 많이 드세요."

"꿈을 파는 직업이니까 빨리 좋은 신발을 신게 되면

좋겠다."

"그러게요……. 나는 이제 연차가 차서 신선함도 없으니까 촬영할 때마다 미용실 비용을 내가 부담해요. 일이 없을 때는 신주쿠 바에서 일하는데, 그래도 매달 지갑이 얄팍해서……."

"힘드네."

"그래도 원래 다 이래요. 아이돌 동료 중에는 더 힘들게 사는 사람도 있어요."

무릎 부근까지 빨개진 루루코가 다리를 뻗어 나가노에서 보낸 택배 상자를 살짝 걷어찼다.

"아빠랑 엄마는 내가 요요기에서 회사 생활을 하는 줄 알아요."

벚꽃색으로 물든 발톱을 보며 가노가 대답을 고민하는데, 문득 베란다에서 들어오는 바람에 물기가 섞였다. 하늘이 흐려지고 소나기가 해 질 무렵의 동네를 적셨다. 가노는 벌렸던 입을 다물고, 텅 빈 맥주 캔을 엄지로 찌그리며, 뭐 가지고 갈 신발 있어? 하고 자리에서 일어났다.

연립주택 바깥 계단을 내려오는 사이, 비가 본격적으로 내렸다. 집으로 돌아와 루루코에게 받은 토마토와 오이는 현관에 방치하고, 다다미방 커튼을 젖혀 베란다 너머로 하늘을 올려다보았다. 우레를 동반한 세찬 비가 주룩주룩 유리창을 씻었다. 차가운 뱀을 내쫓으려고 가노는 무의식중에 아랫배를 쓰다듬었다.

탁자에 놓아둔 휴대폰이 반짝였다. 메시지함을 열자 메이코라는 이름이 있었다. 제목은 '토요일 예정'이었다.

[평소대로 열한 시 삼십 분에 그쪽에 도착하는 전철에 태울게요. 일요일은 오후 세 시에 피아노 학원이 있으니까 낮에는 올 수 있게 해 줘요.]

가노는 아내의 글을 멍하니 눈으로 훑고, 잠시 후 '알겠습니다'라고 답을 보냈다. 나태하게 물건이 어질러진 어슴푸레한 방을 쭉 둘러보고, 일어나 청소를 시작했다.

딸이 태어난 후로는 신기하게도 고개 숙인 아내의 목덜미에만 시선이 쏠렸던 것 같다.

혈관이 보일 정도로 하얀, 머리카락 사이로 무방비하게 드러난 인체의 한 기관. 살이 적어 불거진 뼈들이 왠지 애처로웠다. 왜 이렇게까지 시선을 끄는지 생각하다가 가노는 지금까지 아내에게 '고개 숙이는' 습관이 없었던 것을 깨달았다.

진주 같은 딸을 사랑스럽다고 여기면서도 가노가 아

내를 받아들이는 날은 오지 않았다. 보디크림 향이 나는 피부를 만질 때마다 증오 서린 눈에 찔리던 순간이 떠올라 몸이 떨렸다. 그게 병이었을까. 그걸 병이라고 부르고 받아들여야 하는가.

메이코는 남편의 손바닥에 어린 두려움을 언제나 헤아리고 있었던 것 같다. 그녀는 창백한 얼굴로 가노 곁을 지키며 자신이 다시 사랑받을 날을 참을성 있게 기다렸다. 서로 일과 육아로 바쁘게 지내는 사이 세월은 쏜살같이 흘렀다.

기대오는 아내의 몸을 가만히 밀어내기를 반복하고, 그때마다 이쪽을 올려보는 그 눈동자가 유리구슬처럼 공허해지는 것을 알면서도 가노는 그저 묵묵히 있었다.

기뻤다.

점점 그늘지는 아내의 목덜미를 보면, 마치 아름다운 식물의 줄기를 어금니로 짓씹는 듯한 칙칙한 관능이 뇌리로 퍼지는 감각을 느꼈다. 상처받는다는 한 가지 점에서, 시간이 흐르면 흐를수록 아내와 자신은 닮아간다. 행복했다. 둘이서, 차가운 이부자리에 마주 누워 상처에서 줄줄 피를 흘리는 한 쌍의 기괴한 생물이 된 것 같았다.

어둡게 여윈 얼굴을 마주하는 것 이외에 부부 교류는

생기지 않았고, 딸이 세 살이 된 해에 메이코가 식탁에 이혼 서류를 올려놓았다.

"당신은 나를 용서하지 않아."

메이코는 곱씹는 듯이 가노에게 말한 뒤 설핏 웃더니 울음을 터뜨릴 것처럼 미간을 찌푸렸다.

"나도 당신을 용서 못 해."

가노는 묵묵히 도장을 찍었다. 어린 딸은 당연하다는 듯 메이코가 데려갔다. 도심의 고급 빌라를 팔고 메이코와 딸은 친정으로 갔고, 가노는 양육비를 내기 위해, 또 지금까지의 깔끔했던 생활을 버리고 싶은 충동에 사로잡혀 대학생 시절에나 살았을 법한 오래된 목조 연립주택으로 이사했다.

처음에는 한 달에 한 번으로 약속했던 딸과의 시간은 일 년도 지나지 않아 석 달에 한 번으로 간격이 벌어졌다. 공부, 피아노, 각종 학원. 아이의 시간은 금방 새로운 것들로 메워진다.

토요일은 화창했다. 연차를 쓰고 약속 시간에 맞춰 개찰구 앞에 서 있자, 벚꽃색 원피스에 니트 카디건을 입은 딸이 아빠, 하고 달려왔다. 등에는 토끼 캐릭터가 그려진 가방을 멨다. 미쓰키, 라고 부르며 가노는 딸과 손을 잡았다.

"배고프지? 뭐 먹고 싶어?"

"있잖아, 팬케이크! 전에 먹은 크림 잔뜩 올라간 거."

미쓰키의 포니테일이 둥실둥실 흔들려 옆을 걷는 가노의 팔을 간지럽혔다. 떨어져서 사는 가노에게 천진난만한 딸의 목소리는 꿀처럼 달콤하다. 이 자그마한 등이 몇 달 뒤에는 책가방을 멘다니 아직껏 믿지 못하겠다.

가노는 언제나 두려워했다. 성장한 딸이 자신의 손을 뿌리치고, 아름다운 하이힐을 신고 멀리 가 버리는 것. 생크림이 올라간 팬케이크 같은 시시한 것은 절대로 조르지 않고, 언젠가 제 어미와 같은 눈으로 자신을 노려보는 날이 오는 것.

디저트가 유명한 레스토랑에서 밥을 먹고, 게이힌도호쿠선을 타고 우에노로 이동했다. 미쓰키가 예전부터 가고 싶어 했던 과학박물관에 갔다. 티켓을 사고 들어가자, 주말인 만큼 박물관은 가족 손님으로 붐볐다.

"유치원 숙제로 새 그림을 다섯 장 그려야 해."

그러면서 미쓰키가 가방에서 A5 크기의 스케치북과 열 가지 색이 있는 색연필 세트를 꺼냈다. 페이지를 넘기자 이미 비둘기, 오리, 닭, 참새까지 네 마리의 그림이 있었다. 딸 바보여서 그럴지 모르나 색을 화사하게 쓰고 새의 특징을 잘 포착한 귀여운 그림이었다.

가노는 미쓰키의 손을 잡고 색색의 새가 박제되어 놓인 조류 전시장으로 갔다. 미쓰키가 저게 좋다며 고개를 치켜든 백로를 가리켰다. 가까운 벤치에 앉아 새로운 페이지에 색연필을 움직이기 시작했다.

가노는 옆에서 딸의 손놀림을 보며 잘 그리네, 하얀 새를 그린다면 주변에 색을 칠해서 돋보이게 하는 게 좋겠어, 따위의 말을 걸었다. 근처를 지나간 노부인이 '딸이랑 있다니 보기 좋네요'라고 말하고 싶은 듯이 눈을 가늘게 뜨며 미소 지었다. 자신들이 그렇게 행복한 부녀 사이로 보일까. 가노는 어정쩡하게 눈썹을 모으며 인사를 돌려주었다. 부인이 지나가기를 기다려 어깨를 움츠리고, 그림에 집중한 딸의 뺨을 바라보았다. 금빛 솜털이 엷게 나고 과일 향이 나는 뺨.

"미쓰키는 정말 그림을 잘 그리네."

"엄마가, 엄마는 그림 못 그리니까 미쓰키가 그림 잘 그리는 건 아빠 닮은 거래."

"그래?"

"아빠, 피아노 잘 쳤어?"

"아니, 음악은 전혀 못 했어."

"그럼 미쓰키가 피아노 못 치는 것도 아빠 닮은 거다."

미쓰키가 동그란 눈으로 아빠를 올려다보고, 슬금슬금 가노의 무릎에 스케치북을 올렸다. 하얀 페이지에 가늘고 길쭉한 새의 윤곽이 그려졌다. 미쓰키가 파란 색연필을 가노에게 건넸다.

"아빠, 새 주변 칠해 줘."

"숙제는 혼자서 해야지."

"칠해 주세요. 나중에 하나 더 제대로 그릴 거니까."

이상하게 열성적으로 졸라서 가노는 어쩔 수 없이 색연필을 쥐었다. 선이 띄엄띄엄 끊어진 새의 윤곽을 망치지 않게 신중히 주변을 군청색으로 칠했다. 가노의 무릎에 기대 미쓰키가 그 손끝을 빤히 바라보았다.

파란 색연필을 받은 탓에 다 칠하고 보니, 하얀 새가 한밤중에 혼자 서 있는 그림이 되었다. 외로워 보이니까 달이나 별이라도 그리면 어떨지 묻자, 미쓰키가 순순히 그러자며 노란 색연필을 꺼내 가노가 칠한 파란색 위에 몇 개나 되는 별을 흩뿌렸다. 바탕색 때문에 별이 초록빛으로 물들었다.

230밀리미터의 축복

미쓰키가 온 힘을 다하듯이 빠르게 말을 보탰다.

"그리고 마지막에 이름을 써. 화가는 다들 쓰니까."

"에이, 아빠는 됐어."

"싫어, 쓰는 거야!"

진갈색 색연필을 억지로 밀어붙여서 가노는 당황했다. 이름? 화가의 서명이 생각났다. 그렇게 멋진 척하는 건 못 쓴다. 평범하게 이름을 쓰면 되겠지. 다만 미쓰키는 한자를 못 읽는다. 고민한 끝에 가노는 새가 그려진 페이지 오른쪽 끝에 '가노 다쓰오(かのうたつお)'라고 히라가나로 이름을 적었다. 그러고 보니 내가 이런 이름이었지, 하는 생각이 문득 들어 발밑이 흔들리는 것처럼 불안해졌다.

미쓰키가 기뻐하며 스케치북을 받아 가노의 이름 아래에 '미쓰키(みつき)'라고 세 글자를 적었다. 밤에 서 있는 새를 한동안 바라보더니 스케치북을 소중히 덮어 가방에 넣었다.

"한 마리 더 그릴래? 아빠 이름이 있으면 유치원에 못 내잖아."

"아니야, 미하라 씨네 잉꼬 치짱을 그릴 거니까 괜찮아."

배고프다고 노래를 부르는 딸을 데리고 과학박물관을 나왔다. 패밀리레스토랑에서 미니 햄버그스테이크 세트를 먹이고 게이힌도호쿠선을 타고 집에 돌아왔다. 아쉽게도 자리가 없어 손잡이를 잡고 섰는데, 배가 불러 졸린 미쓰키의 고개가 꾸벅꾸벅 흔들렸다. 가노는 허리를 낮춰 오랜만에 딸을 안아 들었다. 아기 때보다 꽤 무겁다.

자게 둔 채로 집까지 와서 흔들리지 않게 신중히 이부자리에 눕혔다. 딸이 얼굴을 묻었던 셔츠 어깨가 모르는 사이 축축했다. 어느새 울었나 보다. 딸의 눈꼬리에도 눈물이 마른 흔적이 붙어 있었다. 무서운 꿈이라도 꿨을까.

미쓰키의 가방에서 희미하게 전자음이 들렸다. 안을 뒤지자, 무선호출기처럼 생긴 작은 기계에 빛이 점멸했다. 장난감 회사가 아동용으로 판매하는, 등록한 번호에서만 짧은 메시지를 받을 수 있는 간이 휴대전화다. 전화 외에 방범용 알람과 GPS 기능이 달려 있다.

데이터함에 가득한 메시지 송신자는 전부 '엄마'였다. 지금 막 도착한 메시지를 열었다.

[그쪽 아빠한테 응석 부리면 안 돼. 뭐 사 달라고 하면 안 된다! 그리고 내일 세 시에 고이치 씨가 올 거야.]

230밀리미터의 축복

가노는 쓸쓸하게 웃었다. 눈앞이 새까맣게 물들면 인간은 오히려 웃게 된다는 걸 알았다. 그쪽 아빠라는 것은 저쪽에도 아빠가, 아빠가 되는 중인 남자가 있다는 거겠지. 어쩌면 이 고이치 씨란 자가 그 사람일지도 모른다.

딸은 작별 준비를 하고 있었다. 가노의 이름을 쓰게 하고 그 아래에 자기 이름을 써서. '그쪽 아빠'를 기억에서 잃어버리지 않으려고, 종이에 새겨 두려고 했다.

미쓰키, 하고 중얼거린 목소리가 당혹스러우리만큼 맥없이 허공에 떠올랐다. 가노 자신과 마찬가지로 어디에도 도착하지 못하는 목소리였다. 가노는 고개를 젓고, 얇은 이불을 작은 몸에 덮어 주었다.

멍하니 있는 것이 괴로워서 현관에 놓아두었던 루루코의 신발을 끌어왔다. 전에도 고친 에나멜 구두다. 발등 부분에 생긴 작은 흠집을 리본 장식으로 포인트를 주어 감추기로 했다. 신문을 펼치고 공구함을 열었다. 조용하다고 생각했다. 내 집은 늘 조용하다.

다음 날, 사다 놓은 도넛으로 늦은 아침을 먹고 미쓰키를 역까지 데려다줬다. 미쓰키는 어제 달려왔을 때와 다르지 않은 웃는 얼굴로 손을 흔들고 갔다. 컬러풀한

가방이 플랫폼으로 올라가는 계단으로 사라지자, 갑자기 세계가 멀어졌다. 톱니바퀴의 맞물림이 어긋난 것처럼 몸 안쪽이 삐걱거렸다. 아플 정도로 박동이 강해진 심장에 괜찮다고 말해 주었다. 그래도 나는 잘해 나갈 수 있어.

정신을 차리자 집 근처 헌책방 서가 앞에 서 있었다. 현실감을 되찾으려고 무의식중에 들렀나 보다.

몇 권쯤인가 익숙한 작가의 책등에 손가락을 대다가 멈췄다. 기승전결이 확실한 가공 세계를 읽기에는 버거운 기분이었다. 좀 더 속된 것이 좋다. 좀 더, 아무 생각 안 해도 되는 것이 좋다. 가능하면 누구든 나와 비슷한 정도로 불행하다고 믿게 해 주는 것이 좋다.

파친코 구슬처럼 서가를 이곳저곳 기웃거리다가 마지막으로 주간지 서가에 도착했다. 대충 한 권을 뽑아 머릿속엔 거의 들어오지 않지만 팔랑팔랑 페이지를 넘기고 돌려 놓았다. 몇 권쯤 그러기를 반복하다가 뇌에 덜컥 걸리는 것이 있었다. 뭐지 싶어서 몇 페이지를 돌아갔다. 달콤하고, 왠지 모르게 그리운 기분이 드는 것이었다. 금방이라도 의식에서 빠져나갈 듯한 감각을 잡아채며 급하게 지면을 더듬었다. 그리고 발견했다. 루루코

230밀리미터의 축복

가 있었다. 권두 그라비아 페이지 구석, 수영복과 하이힐이라는 부자연스러운 차림으로 누워 있었다. 부드럽고 따스해 보이는 피부가 우유색으로 반짝였다. 연인을 맞이하는 듯한 달콤한 표정. 구두, 고맙습니다, 라는 촉촉한 목소리가 귓가에 되살아났다. 아아, 그래, 이 친구와 또 맛있는 걸 먹자. 영양을 섭취하자. 먹고, 먹고, 위로를 주고받으며 어떻게든 해 나가자. 그렇게 생각한 순간, 페이지 일부가 묘하게 끈적거리는 빛을 반사했다.

가노는 의아해서 잡지 각도를 바꿨다. 서점 조명에 비추자 보였다. 루루코의 사타구니에는, 처음 산 사람이 집요하게 문질렀을 손때가 끈적하게 묻어 있었다.

배우가 되고 싶었다는 목소리와 가지튀김과 딸을 향한 애정이 담긴 나가노의 택배 상자와 솜털이 난 맑디맑은 미쓰키의 뺨과 더럽게 빛나는 손때와 인터넷에서 본 '슬슬 한물갔으니까 벗겠지'라는 댓글이, 눈 안쪽에서 엉망으로 뒤섞였다. 가노는 잡지를 내려놓았다. 목이 말랐고, 이상하게 너무 지쳤다.

가노는 꿈을 꿨다. 꿈은 늘 맥락 없고 어리석다. 군청색 원피스를 입은 메이코와 가까운 공원에 벚꽃을 보러

갔다. 자신은 품에 미쓰키를 안고 있었다. 미쓰키는 진짜 미쓰키보다도 조금 작다. 세 살 정도로, 수면 같은 까만 눈동자에 살랑살랑 떨어지는 벚꽃이 비쳤다. 우리 이대로 바다까지 걷자, 하고 가노가 아내의 등에 대고 말했다. 아내는 돌아보고 아름답게 웃었다. 그래도 당신, 사실은 미쓰키도 무섭잖아? 요란하게 울리는 알람 시계를 두드려 끄고 일어나 수염을 깎고 세수하고, 전철 오에도선을 타고 출근해 예산을 짜고 매장을 꾸린다. 그런 영원과도 같이 이어지는 매일을 반복한다.

가을 초, 루루코가 어묵전골을 해 먹자고 했다.

"안색이 너무 안 좋은데요?"

루루코가 얼굴을 보자마자 미간을 찌푸렸다. 가노는 힘없이 고개를 끄덕였다.

"잠을 영 못 자서."

"피곤해서요?"

"응, 그렇지. 상품 교체 시기거든. 지쳐서 이상한 꿈만 꿔."

루루코는 정어리어묵과 배추, 파, 표고버섯을 솜씨 좋게 육수에 넣고, 가스버너를 켜 뚝배기의 뚜껑을 덮었다. 그리고 요리가 완성되길 기다리며 차가운 맥주를 마셨다.

230밀리미터의 축복

잠시 후, 맥주 캔 온도에 물든 손가락이 가노의 눈가를 가만히 더듬었다.

"다크서클, 심해요."

"눈 안쪽이 무거워."

"다 먹으면 그냥 자도 괜찮아요."

"여기에서?"

"네. 나는 오늘 밤까지 일이 없으니까. 가노 씨가 가위 눌리면 깨울게요."

"내가 아기도 아니고."

가노가 중얼거리자 루루코가 어깨를 으쓱해 보이며 웃었다.

"가노 씨, 나는 잘나가는 건 아니어도 꿈을 주는 여자 예요. 남자가 매일 힘들어 죽겠네, 이런 여자를 만지고 싶다, 틀림없이 부드럽고 기분 좋겠지, 하고 상상하는 이미지를 형태로 만들어 좋은 꿈을 꾸게 하는 게 일이 죠. 그러니까 어떤 어른이든 가끔은 아기가 되어야 한다는 걸 알아요."

뚝배기가 슈욱, 가늘게 김을 내뿜었다.

할 말을 잃은 가노 대신 루루코가 뚜껑을 열었다. 구수한 정어리 향이 방 안 가득 퍼졌다. 먹자고 재촉해서 가노는 젓가락을 들었다. 동시에 잘 먹겠습니다, 하고 외치고 한동안 둘은 우걱우걱 음식을 입에 넣었다. 루루코와 만나고 전골이나 고기같이 여럿이 둘러앉아 먹는 요리를 맛볼 기회가 늘었다. 가노는 어묵을 먹는 여자의 옆얼굴을 바라보았다. 가슴 안쪽에 어렴풋하게 달콤한 감각이 맺혔다.

"맞다, 전에 고쳐 주신 구두요. 촬영장에서 호평 받아서 그대로 썼어요."

루루코가 젓가락을 입에 문 채로 생각났다는 듯이 일어났다. 가까운 책장에서 성인용 잡지를 꺼내더니 다다미에 펼쳐 놓고 페이지를 넘겼다.

'레이스를 입은 천사들'이라는 제목으로, 여체에 레이스만 입혀 아슬아슬하게 국부를 가리는 기획이었다. 세 번째 페이지 구석, 루루코가 한쪽 다리를 안고 앉아 있었다. 발에는 저번에 가노가 수리한 에나멜 구두를 신었다. 흠집을 감추려고 덧댄 포인트 장식이 뜻밖에도 하얀 레이스 리본처럼 보여서, 사진작가의 마음에도 들었는지 그대로 쓰였다고 한다. 루루코는 사랑스러웠으나 여전히 사진 크기가 작아 가노는 속이 탁해지는 느낌이었다. 처음부터 촬영장에는 루루코를 위해 준비된 구두가 없었을지도 모른다. 온라인에서 떠도는 말로는 루루코의 일은 늘지 않고 오히려 줄어드는 것 같았다.

가노는 사진이 잘 찍혔다고 고개를 끄덕이고 잡지를 덮었다. 김이 나는 뚝배기에서 어묵과 배추를 앞접시로 건져내 유자를 짰다.

"상태는 어때?"

"비슷비슷해요. 가노 씨는요?"

"비슷비슷하지. 불황이라 물건을 팔기 힘들어."

"후후후."

맥주 한 캔을 다 마신 루루코의 뺨이 빨갛다. 루루코는 취하면 잘 웃는다. 몽롱한 듯 목 안에서 기분 좋은 듯한 소리를 흘린다.

"사진작가가요, 구두 센스가 좋다면서 다음 촬영에는 발레 슈즈 같은 걸 신고 오라고 했어요. 그런데 아무리 찾아도 좋은 게 없어서."

중얼거리며 자리에서 일어난 루루코는 신발장에서 바닥이 평평한 펌프스를 가지고 왔다. 장식 없이 단순한 형태다.

"여기에 같은 색 리본을 달아 발목을 묶게 할 수 있을까요? 기획 테마가 '선물'이에요. 몸 여기저기에 리본을 묶어요."

"못 할 건 없겠는데."

상상이 되지 않았다. 발목에 묶는다고? 고개를 갸웃거리자, 루루코가 옆방에서 폭넓은 까만 리본을 가지고 왔다. 다다미에 신문지를 깔고, 그 위에서 펌프스에 오른발을 넣었다. 구두에 리본을 가져다 대면서, 이런 느낌으로 발등에서 한 번 크로스하고 발목에서 리본으로 딱 묶을 수 있게 해 달라며 요청 사항을 설명했다. 가노는 젓가락을 놓고 리본 양 끝을 받았다. 구두 전체에 어떻게 꿰맬지 생각하며 뼈가 두드러진 가느다란 발에 둘렀다.

"아아, 이렇게 하면 예쁘게 묶을 수 있네."

혼잣말하며 루루코의 발목에 리본을 묶은 순간, 각설탕을 깨문 듯한 달콤한 몽상이 펼쳐졌다.

이 여자의 꿈이 빨리 무너지면 좋겠다.

머지않아 그날은 올 것이다. 그러면 자신과 가정을 꾸려줄지도 모른다. 꿈에서 본 춤추는 벚꽃 아래를 무엇도 두려워하지 않고 미쓰키와 걸을 수도 있을 것이다. 이 다정하고, 자신이 업신여김 당하고 있다는 사실조차 알아차리지 못할 정도로 어리석고 따뜻한 여자와 함께라

230밀리미터의 축복

면 분명.

거기까지 상상한 가노는 갑자기 울고 싶어졌다.

이 어두운 관능을 안다. 가늘고 가는, 사랑했던 여자의 목덜미가 그늘지기 기다리는 기쁨.

루루코의 사진에 비쳐진 지저분한 손때가 생각났다.

"가노 씨, 왜 그래요?"

"응? 아무것도 아니야. 그보다 이거, 이렇게 발목에 묶어도 금방 흘러내릴걸."

"어, 그래요?"

"단기간 촬영이라면, 풀 같은 걸로 고정해 두면 괜찮겠지만."

"음, 그럼 그렇게 가요. 재질은 뭐든 괜찮으니까 리본 부탁해도 돼요?"

"알았어, 진갈색이지."

"네, 진갈색."

"촬영 열심히 해."

두 달 후에 발매된 잡지 촬영이 아마미 루루코의 마지막 일이었다.

일을 마친 수요일 밤, 가노는 신주쿠 다카시마야 백화

점에 들렀다. 온통 크리스마스 분위기로 장식된 내부를 둘러보고 삼 층으로 올라갔다. 이십 분쯤 걸려 용건을 마치고, 온 김에 지하 식품관에서 와인과 치즈를 샀다. 양손에 봉지를 들고, 퇴근하는 사람들로 붐비는 오에도 선 전철 차량의 문에 기대 귀갓길에 올랐다. 연말연시 이벤트를 앞두고 세상은 눈부시게 빛났다.

약속 시간보다 십 분 늦게 현관문을 두드리자, 루루코는 이미 짐 포장을 마친 뒤였다. 문을 열고 웃는다.

"고생하셨어요."

"와인 사 왔어. 그리고 안주."

침대와 낮은 탁자는 이미 본가로 보냈다고 한다. 상자 하나를 밥상 대신으로 삼고, 가노는 가지고 온 종이컵에 레드와인을 따랐다.

"고생했어."

"고맙습니다."

컵 테두리를 가볍게 맞대 소리 없는 건배를 했다.

"부모님, 뭐라고 하셨어?"

"별말씀 없으셨어요. 아, 내년 설날부터는 가족이 다 모이겠다고만."

"그렇군. 좋지, 가족은."

230밀리미터의 축복

"가노 씨 가족은요?"

"없어. 어머니는 내가 어렸을 때 돌아가셨고, 아버지도 몇 년 전에 암으로 돌아가셨어. 형제자매도 없고 친척도 없어."

"쓸쓸하겠다."

"쓸쓸한가. 그래도 별로 괴롭지 않아. 이미 어른이니까."

"나는 여기에서 지내는 동안 너무 쓸쓸하고 괴로웠어요. 아직 어린애네요."

"단순히 너무 바빴던 거야."

"후후후."

루루코가 나직이 숨소리를 흘렸다. 양주는 더 빨리 취하는지 손끝까지 벚꽃색이 된 오른손을 앞뒤로 뒤집으며 재미있는 듯 들여다보았다. 잠시 후, 색이 물든 고개를 들어 가노와 시선을 마주쳤다.

"가노 씨, 가노 씨, 나요, 다음 달이 생일이에요. 스물일곱 살이 돼요."

"응."

"영어도 못 하고 컴퓨터도 못 하고 가진 것 하나 없이 고향에 돌아가요."

가노는 루루코의 얼굴을 봤다. 그녀는 웃고 있었다.

어떤 때든 웃는 여자다. 지금까지 누가 무시하고 업신여겨도 가만히 웃었겠지. 와인으로 혀를 축이고 가노는 입을 열었다.

"너는 우선, 얼굴이 예쁘지."

루루코가 말없이 가노를 바라보았다.

"스타일도 좋아. 새우등이지만 그건 배와 등에 근육을 키우면 고칠 수 있어. 남에게 보이는 일을 줄곧 해 왔으니까 근성도 있지. 미소를 장점으로 내세우는 것도 대단해. 건강하고, 오랫동안 혼자 살아서 금전 감각도 확실해. 의논할 수 있는 부모님도 곁에 계셔."

"네."

"그러니까 아무 걱정 안 해도 돼."

"……네."

"또 이것도 너랑 같이 싸울 거야."

가노는 옆에 놓았던 다카시마야의 종이 쇼핑백을 가지고 와 안에서 네모난 상자를 꺼냈다. 상자 로고를 보고 루루코의 눈이 동그래졌다. 상자 안에는 지미추 오픈토 펌프스가 얇은 포장 종이에 싸여 누워 있었다. 까만 산양 가죽이 고급스럽게 빛났다. 가노는 그걸 조심스럽게 꺼내 루루코의 손 앞에 놓았다.

230밀리미터의 축복

"다양한 옷에 맞추기 좋을 것 같은데 어떨까?"

루루코는 대답 없이 떨리는 손가락으로 가만히 펌프스를 만졌다.

"……받을 수 없어요."

"사이즈는 230밀리미터야."

"하지만 나."

"발 모양에 딱 맞는 건 아마 내가 세상에서 제일 잘 알겠지."

"가노 씨한테 드릴 게 아무것도 없어요."

"괜찮아, 그런 건."

괜찮아, 라고 반복하며 가노는 문득 입가가 부드러워지는 것을 느꼈다. 어딘가에, 명치 부근에 남아 있던 차가운 덩어리가 녹아 흘렀다. 아주 오랜만에 진심으로 타인을 축복할 수 있었다.

"아무것도 필요 없어. 이미 받았어. 밥, 같이 먹는 거 즐거웠어. 그러니까 그쪽에서 자리 잡으면 편지라도 줘. 건강하게 살고 있다고 알려줘."

루루코는 구두를 봤다가 가노를 보고, 이윽고 가만히 어금니를 악물었다. 몸을 지키는 보석처럼 지미추를 가슴에 안고 마지막으로 고개를 한 번 숙였다.

다음 날 아침, 가노는 짐을 가까운 택배 센터에 옮기는 것을 도왔다. 루루코를 역까지 배웅했고 집주인에게 반납할 열쇠를 맡았다. 헤어지면서 알려준 루루코의 본명은, 어느 학교에나 한 명쯤 있을 법한 너무도 흔한 이름이었다. 익숙하지 않은 이름을 혀로 굴리며, 가노는 개찰구 너머로 사라지는 그녀의 등을 향해 천천히 손을 흔들었다.

연립주택으로 돌아와, 집에 들어가기 전에 아직 어젯밤의 와인 향기가 남은 아무도 없는 방을 찾았다. 커튼도 전부 다 떼어낸 집은 휑하게 넓고, 베란다 너머로 보이는 세상이 눈부시다. 한동안 실내를 둘러보고 다다미에 앉았다.

아내의 신발은 하나도 떠올리지 못한다. 어떤 식으로 닳았는지, 어떤 식으로 흠집이 생겼는지. 무엇 하나 보지 않았다.

미안해, 하고 속삭이며 기억에 아른거리는 창백한 목덜미를 쓰다듬었다.

삼 년 후, 루루코의 편지가 도착했다. 고향에서 몇 번 이직하다가 지난달에 간신히, 아르바이트로 일했던 그

지역 과자 제조사에 비정규직으로 채용되었다고 한다.
[매일 서양배콤포트를 팔고 있어요. 10센티미터짜리 굽
이 없어도 이제는 두려워하지 않고 걸을 수 있게 되었
어요.]

오래 신어 낡을 대로 낡아버린 지미추 구두는 마당
나무 아래에 묻어 장례를 치렀다고 한다.

[가노 씨는 건강히 지내세요?]

축하 케이크를 다 먹고, 가노는 담배를 들고 베란다로
나갔다. 난간에 등을 기대고 살짝 발꿈치를 들어 위층을
봤다. 한때 인기 없는 그라비아 아이돌이 살던 집에는
늘 뚱한 표정의 남자 미용사가 산다. 가노는 담배 한 대
를 느긋하게 피우고, 내일 회의 자료를 정리하고 잠자리
에 들었다.

마이, 마이마이

최근 스즈시로가 나를 보지 않는다.

원인은 알고 있다. 사월부터 같은 세미나에 들어온 한 학년 후배 하루히가 스즈시로에게 은근하게 접근하기 때문이다.

은근하게란, 요컨대 눈을 바라보며 생긋 미소 짓거나 세미나 중에 모르는 것을 질문하는 척하며 어깨를 가까이 대거나, 스즈시로가 좋아하는 외국 록 밴드 이야기에 굉장히 즐겁다는 듯이 맞장구를 치는 정도로, 내가 불평해도 될 만큼 노골적이지는 않으나 스즈시로의 마음을 확실하게 자극할 수 있는 절묘한 접촉을 말한다. 하루히는 귀엽다. 얼굴은 작고 눈은 크고, 염색이라곤 한 번도 한 적 없어 보이는 건강한 까만 생머리는 큐티클이 반질반질하다. 옷은 흰색이나 분홍색에 약간 장식이 들어간 청초한 계열로, 하늘이 무너져도 나처럼 물 빠진 청바지에 구제샵에서 산 채소무늬 티셔츠 같은 건 입지 않는다. 머리 꼭대기부터 발끝까지 귀여움으로 코팅한 인형 같은 여자다.

그래도 스즈시로는 나랑 사귀는 사이인데 너무하잖아.

이 너무하다는 마음이 향하는 곳이 스즈시로인지 하루히인지도 점점 모르겠다.

"이거 봐, 전에 먹고 싶다고 한 바다포도가 있어."

여름방학 전인 칠월 중순, 일 학기 연구 발표를 마친 뒤풀이로 세미나 멤버 서른 명 정도가 대학 근처 오키나와 요릿집에 갔다. 다다미에 네모난 탁자가 여러 개 놓인 큰 방에서 일부러 옆에 앉아 말을 걸자, 스즈시로는 불편하다는 듯이 눈동자를 굴렸다. 다른 사람 앞에서 커플처럼 친근하게 구는 건 부끄러워서 싫다고 한다.

나는 남들 앞에서 손을 잡는 것도, 둘이 대화하는 것도, 나아가 헤어질 때 뺨에 뽀뽀를 하는 것도 괜찮은데, 내가 인생 최초의 여자친구라는 스즈시로는 너무 소극

적이고 섬세하다. 부스스한 까만 머리에 테 굵은 안경을 끼고, 각진 몸에는 늘 패스트패션 브랜드의 깃 달린 셔츠를 입는다. 누가 봐도 말수 적고 다정하고 앞으로 공무원이 될 것 같은 태평한 분위기를 온몸에서 내뿜는데, 그 점이 좋았다.

"지금은 그런 건 됐고, 닭튀김이나 찬푸루(채소, 두부, 고기 등을 볶은 오키나와 요리)처럼 다 같이 나눠 먹기 편한 걸로 시키자. 아, 데쓰얀, 아까 나카지마 선배가 했던 인턴 얘기 말인데."

나와는 눈도 전혀 마주치지 않고 속사포로 말하더니, 맞은편에 앉은 남자와 대화를 시작했다. 시시해져서 나는 주변에서 하는 이야기에 대충 대꾸하며 풋콩만 잔뜩 먹었다.

세미나 반장의 선창으로 건배하고 점차 분위기가 화기애애해지자, 스즈시로는 교수님을 둘러싸고 오늘 발표에 관해 대화를 나누는 그룹을 힐끔힐끔 봤다. 저쪽에 섞이고 싶은가 보다. 뒤풀이 중에도 연구 이야기를 하려고 하다니 성실하고 견실해서 그런 점이 좋아, 라고 몇 달 전이라면 속 편하게 생각했겠지만, 교수 옆에는 능숙하게 맥주를 따르며 진지한 표정으로 맞장구를 치는 하

마이, 마이마이

루히가 있었다.

누가 농담이라도 했는지 까르르, 웃음이 터져 그 주변 분위기가 풀어졌다. 그거 스즈시로지, 하고 교수가 농담하듯 웃었다.

"아, 스즈시로 선배! 교수님이 부르세요."

하루히가 몸을 움직여 자신과 교수 사이에 좁은 공간을 만들고 방석을 툭툭 쳤다.

"어, 뭐죠! 가요, 지금 갑니다."

반쯤 남은 맥주잔을 덥석 붙잡고 스즈시로가 희희낙락하며 일어났다. 나는 스즈시로 옆에 앉으려고 가게에 들어오기 전부터 이래저래 타이밍을 쟀는데, 하루히는 숙련된 어부가 참치 한 마리를 낚아채는 것처럼 그를 불쑥 뽑아냈다. 슬퍼서 몸이 싸늘하게 식은 다음 순간.

일어난 스즈시로에게 희끄무레한 것이 흘러나왔다.

그것은 방석 위에 툭 떨어졌다.

납작한 유리구슬 같은 그것은 매끈매끈한 표면에 소용돌이 같은 옅은 무늬가 있었다. 반투명한 유백색이 제법 아름다웠다.

"……액세서리에서 떨어졌나?"

스즈시로, 이런 걸 좋아했었나. 반 년간 사귀며 한 번도 그런 이야기를 들은 적 없는데.

아니다, 이런 걸 좋아하는 건 어쩌면 하루히? 하루히에게 주는 선물?

나도 모르게 구슬을 집어서 내 가방에 던져 넣었다.

최악의 기분으로 시시한 뒤풀이를 마친 후, 2차는 거절하고 집에 가기로 했다. 스즈시로는 내가 빠진 것도 모르는지, 다른 멤버와 수다를 떨며 교수의 단골 가게가 있다는 술집 거리로 들어갔다.

피곤한 사람들로 꽉 찬 전철을 타고 도심에서 한 시간쯤 걸려 집으로 향했다. 우리 집은 역에서 십 분 정도 걸어가면 나오는 주택가에 위치한 단독주택이다. 밤에는 거둬들였지만, 낮에는 통통하게 부푼 베이글 일러스트가 그려진 입간판이 골목에서 잘 보이는 곳에 놓여 있어 집을 찾는 이정표가 되어 준다. 우리 집은 일 층이 아빠가 하는 베이글 전문점, 이 층이 생활공간이다. 부모님은 일 층을 점포로 리모델링하면서 현관을 건물 정면에서 뒤쪽으로 옮기고, 대신 골목에 닿은 벽에 커다란 유리문을 두 개 만들어서 손님용 출입문으로 사용했다. 별로 눈에 띄지 않는 작은 가게지만, 근처에 적당한 빵집이 없어서 낮에는 손님이 끊이지 않아 그럭저럭 장사

마이, 마이마이

가 된다.

열쇠로 뒤쪽 현관문을 열고 집에 들어가자, 늘 그렇듯이 고소하고 따끈한 베이글 굽는 냄새가 모락모락 코끝을 스쳤다. 이미 건물 자체에 스며든 냄새다. 부모님은 이 층에 계시겠지. 귀찮으니까 불을 켜지 않고 어슴푸레한 계단을 올라갔다.

"다녀왔습니다."

계단을 다 올라가 말했다. 그러자 욕실 탈의 공간에서 아버지가 고개를 쑥 내밀었다. 빨래하는 도중인가 보다. 얼마 전에 오십 세가 넘었는데, 짧게 친 금발과 쨍한 파란색 사각 안경이 오늘도 몹시 화려하게 번뜩였다.

"어서 와라. 뒤풀이는 어땠니?"

"시시했어."

"하하하, 목욕하렴."

"응. 엄마는요?"

"곧 마감인가 봐. 오늘은 밤새운다는구나."

"그렇구나."

그렇다면 말을 걸지 말아야지. 엄마는 의료 관련 번역 일을 한다. 작업실 앞을 슬금슬금 지나 내 방으로 갔다.

침대에 앉았더니 갑자기 오늘 하루치의 피로가 한꺼

번에 몰려와 움직일 수 없었다. 온몸이 나른하고 조금 슬펐다. 스즈시로, 어떻게 된 걸까. 하루히도 2차에 갔을까. 한마디쯤 연락을 줘도 될 텐데, 스마트폰에는 아무런 알림이 없다. 어쩔 수 없이 기력이 충전될 때까지 누워서 게임을 했다. 십 분쯤 게임을 하다 잠옷과 속옷을 챙겨 일어났다. 빨래를 마친 아빠가 옷가지를 들고 나오는 길에 내가 교대로 욕실에 들어갔다.

머리와 몸을 씻고, 뜨거운 물을 받아 놓은 욕조에 들어가자, 흐아아 하고 깊은 한숨이 나왔다.

스즈시로와 나는 역시 이제 안 되려나.

내가 하루히처럼 귀엽지 않으니까?

찝찝하고 석연치 않은 기분으로 욕실 거울을 힐끔 봤다. 금발에 가깝게 염색한 쇼트커트, 보기에도 당찬 여자가 이쪽을 가만히 응시한다. 나는 나 자신을 꽤 좋아한다. 하루히처럼 되고 싶다고 생각하지 않고, 오늘 하루히가 입은 소매에 레이스가 달린 걸리시한 원피스보다, 내가 입은 청록빛에 번뜩이는 펄이 들어간 오프숄더와 까만 가죽 스커트가 나와 훨씬 잘 어울린다고 생각한다. 나를 바꿀 생각은 없다.

그래도 스즈시로는 좋아한단 말이지.

욕조에서 나와 잠옷을 입고, 부엌에서 차가운 우유를 한 잔 마신 뒤 이를 닦고 침대에 누웠다. 스즈시로 생각이 머릿속에서 떠나지 않아 잠이 오지 않았다. 같은 경제학부 경제학과인데, 처음에는 말할 기회가 좀처럼 없었던 것. 필수 과목에서 같은 조가 되어 어색하게 자기소개를 했던 것. 식당에서 음식을 기다리는 줄에서 딱 마주쳐서 서로 조금 쑥스러웠던 것. 스즈시로의 느긋한 말투와 조심스러운 미소가 좋다고 생각한 것. 댄스 동아리 친구에게 학과 술자리에서 찍은 사진을 보여줬더니 다정해 보이긴 해도 아저씨 같지 않느냐며, 유리아의 취향은 잘 모르겠다면서, 어이없어하는 소리를 들은 것.

스즈시로에게 고백했더니 엄청나게 놀란 얼굴을 하고는 받아 주었다. 손을 잡고 인기 있다는 팬케이크를 먹으러 해안가에 갔다. 몇 번쯤 데이트하고, 봄방학 때 일박으로 온천에 갔다. 스즈시로는 알몸을 보이는 걸 부끄러워했다. 배에 난 진한 털을 걱정해서 유카타를 벗기려할 때마다 도망치려고 하는 게 재미있었다.

스즈시로, 나를 그렇게나 많이 좋아하는 것 같았는데 왜 순식간에 다른 사람을 좋아하게 된 걸까.

그날 밤, 이상한 꿈을 꿨다.

마치 내 꿈이 아닌 것 같았다. 아니, 내가 그런 꿈을 꿀 이유가 없다.

스탠딩 칼라 교복을 입은 수학 오타쿠, 그저 평범한 남고생이 된 나는 반에서 제일 시끄러운 데다 화장도 진하고 머리색도 밝은 여학생 무리를 마치 외계인 보듯 바라보았다. 그러는 한편 조금은 그 여자들과 섹스해 보고 싶다고 생각했다.

새하얀 아침 햇살에 눈을 떴는데, 머리맡에 본 적 있는 소용돌이무늬 구슬이 있었다.

가방에서 꺼낸 기억, 전혀 없는데.

그날부터 이상하게 나는 소용돌이무늬 구슬을 손에서 놓지 못했다. 가방 안주머니에 넣어두고 강의실에 갈 때나 놀러 갈 때도 무심코 가지고 다녔다. 구슬은 일부러 그렇게 만든 것처럼 움켜쥐면 손바닥의 움푹한 곳이나 손가락 사이에 빈틈없이 파묻혔고, 들고 있는 것을 잊을 만큼 무게와 매끈한 정도도 딱 좋았다.

구슬을 쥐고 자면 어김없이 모르는 남자애의 꿈을 꿨다. 수학 말고는 잘하는 게 하나도 없는 남학생. 자신감이 없어 비굴할 만큼 겁이 많으면서도 공격적이고, 정작

마이, 마이마이

그 공격성을 드러내는 것조차 수치스럽게 여기는 그런 아이였다. 그 아이는 자신과 제일 멀다고 느끼는 여학생을 범하고 싶어 했다.

처음에는 한심하기 짝이 없는 놈이어서 넌더리가 났다. 그 아이의 나약함과 상처 입기 쉬운 성질이 끔찍했다. 기분 더러운 망상만 부풀리지 말고 빨리 고백하고 차이라는 생각까지 했다.

그러나 반복해서 그 아이의 눈으로 세상을 보다 보니 어렴풋이 알게 됐다. 이 남자애는 자기 자신을 별로 좋아하지 않는다. 자기 얼굴도 몸도, 괜찮은지 아닌지 잘 모른다. 잘하는 스포츠가 없는 것도 불안해한다.

그 애는 일주일에 몇 번씩 거울을 빤히 들여다보곤 한다. 이제 막 자라기 시작한 수염을 어설픈 손놀림으로 밀고는, 벌벌 떨리는 손으로 T자형 면도기를 눈썹에 갖다 댄다. 친구들이 눈썹을 다듬었다며 비웃지 않을 만큼만, 딱 그만큼 부자연스럽지 않게 미간의 잔털과 눈썹 끝을 신중히 깎아내는 것이다. 동네 드러그스토어에는 눈썹 전용 I자형 면도기가 있었지만, 여성용처럼 포장된 것뿐이라 부끄러움이 많은 그 애는 차마 그것을 살 수 없었다.

진지하면서도 어딘지 멍한 그 얼굴은, 틀림없이 나의 귀여운 스즈시로였다.

팔월이 되자 아침에 잠이 부족해 힘겹게 눈을 뜨는 날이 늘었다. 땀이 밴 시트에서 몸을 일으켰다. 덥지만 밤새 에어컨을 켜 놓으면 나는 금세 배탈이 나곤 한다. 땀을 많이 흘린 탓인지 다리가 가려웠다. 복사뼈 근처를 몇 번 벅벅 긁다가, 샌들을 신었을 때 그 부분만 빨갛게 부어 있으면 별로니까 정신을 차리고 손을 뗐다.

하얀 소용돌이무늬 구슬을 책상 위 스마트폰 옆에 두고 잤는데, 어느새 침대 아래에 떨어져 있었다. 구슬은 밤사이 자꾸만 위치를 바꾼다. 마치 생명체 같다.

살아 있을지도, 모른다. 대놓고 기묘하니까. 게다가 스즈시로와 연결되어 있다.

그건 그렇고 화려하게 노는 타입을 좋아했으면서 나랑 사귀는 건 뭘까. 머리카락 색이야 비슷할지 몰라도 고등학생 시절의 나는 결코 그쪽 부류가 아니었다. 오히려 옷이나 음악 취향이 너무 강렬해서 이른바 '노는 애들'조차 피했던 서브컬처 오타쿠였으니까. 하지만 스즈시로는 아마 그 차이를 잘 구별하지 못하겠지.

마이, 마이마이

하얀 구슬을 가지런히 모은 손가락 위에 올리고 이리저리 흔들며 놀았다. 스즈시로가 내게 보였던 사랑 비슷한 감정의 정체는 분명 사랑이 아니었다. 그건 꽤 충격이었고, 시시한 생각만 하는 스즈시로에게 실망하고 환멸을 느꼈고, 그러면서도 조금 재미있었다. 좋아하는 사람의 부끄러운 부분은, 가만히 손을 올려놓고 싶기도 하고 손가락을 넣어 마구잡이로 휘젓고 싶기도 한, 좋고 싫음이 뒤섞인 느낌이었다. 그래도 조금 열받긴 해서 표면의 소용돌이무늬를 손톱으로 벅벅 긁었다. 구슬은 그저 조용히 견뎠다.

기분 전환을 위해 차가운 물로 샤워를 한 뒤, 머리를 말리고 옷장에서 옷을 골랐다. 오늘은 눈에 확 띄는 짙은 남색 바탕에 히비스커스와 새 일러스트가 잔뜩 그려진 원피스를 입기로 했다. 아시안 스타일 브랜드에서 첫눈에 반해 산 원피스다. 잠깐 생각하다가 일 층 가게로 내려가 베이글을 준비하는 아빠에게 말을 걸었다.

"나 좀 봐요, 귀여워? 잘 어울려?"

스커트를 좌우로 살짝 당기며 물었다. 콧노래를 흥얼거리며 반죽하던 아빠가 내 머리부터 발끝까지 빈틈없이 살펴보고 히죽 웃었다.

"우리 공주님은 오늘도 세계에서 제일 귀엽네. 그 원피스, 여름 느낌이고 컬러풀해서 잘 어울리는구나. 나가려고? 열사병 조심하고, 수분을 자주 섭취해야 한다."

"네."

우리 아빠는 조금 독특하다. 조직 생활에 적응하는 걸 힘들어해서 내가 어렸을 때는 이직이 잦았다. 엄마가 의료기기 회사에 다닐 적에는 한동안 아빠가 자리를 비웠던 때도 있었고, 반대로 전업주부로서 줄곧 집에만 머물던 시기도 있었다. 여러 시행착오 끝에 엄마는 회사를 그만두고 번역 일에 전념하기 시작했고, 아빠는 집 일층에 베이글 가게를 차렸다. 그제야 우리 가족은 안정을 찾았다.

괴짜 같지만 밝고 뭐든지 긍정해 주는 아빠를 좋아한다. 아빠가 다양한 의미로 상식에서 벗어나 준 덕분에 나도 거리낌없이 괴짜의 길을 선택할 수 있었는지도 모른다.

그런 생각을 하는데, 순간적으로 머릿속이 텅 비었다.

지금 막 뭔가를, 좀 더 생각하려 했던 것 같다. 뭐였지. 금세 잊어버린 걸 보면 사소한 일일 것이다. 그보다 아빠를 좋아하는 지금의 내 감정이 더 기쁘고 소중하다.

즐겨 쓰는 밀짚모자를 머리에 얹고 다녀오겠습니다,
하고 활기차게 현관문을 열어 한여름 거리로 발을 내디
뎠다.

대학 도서관은 냉방이 세서 조금 서늘할 정도였다. 수
예 관련 서가를 찾아 지하 일 층으로 내려갔다. 여름방
학 중이어도 과제를 하는 학생들이 많아 예약제인 개인
좌석은 꽉 찼다. 빈티지 액세서리 부품과 아름다운 단추
를 소개하는 도감을 몇 권 꺼내 넓은 책상 구석 자리에
앉았다.

이십 분쯤 걸려 처음부터 끝까지 도감을 살펴도 소용
돌이무늬 하얀 구슬의 정체는 알 수 없었다.

그래도 어디선가 본 것 같다. 납작하고 표면이 소용돌
이치는 물체.

인공물을 넘어 보석과 광물 등 다양한 원석을 해설하
는 책도 펼쳐 봤다. 페이지를 넘기는 동안에도 가방에서
하얀 구슬을 꺼내 표면을 엄지로 굴리며 쓰다듬었다. 화
산 구조와 그 과정에서 생성되는 화산암부터 퇴적암과
변성암, 나아가 암석과 금속의 경계에 이르기까지. 마침
흥미로운 내용들이 눈에 띄어 책장을 띄엄띄엄 넘기며

읽어나가던 중, 한 장의 사진이 눈에 들어왔다.

땅에서 고개를 살짝 드러낸 다갈색 소용돌이무늬.

암모나이트다.

그래, 이 물체는 달팽이가 들어가는 껍데기와 닮았다.

삐로롱, 도서관의 정적을 깨는 어울리지 않는 음량으로 스마트폰이 울려 허둥지둥 가방 안을 뒤적였다. [아르바이트 끝나면 같이 저녁 먹을래?] 대학 근처 입시 학원에서 일하는 스즈시로에게 아침에 보낸 메시지의 답이 이제야 왔다.

답장은 [미안, 바빠서 안 돼]였다.

우리의 연애가 끝나려 한다. 일 년 전 입학했던 사월 이후, 캠퍼스 곳곳에서 소다 거품처럼 무수히 솟구쳤다 사라진 허무한 관계들 중 하나가 되어 펑 터지려고 한다. 훗날 어른이 되어 그동안 몇 명을 사귀었는지 꼽아 보게 된다면, 나는 스즈시로의 얼굴을 어렴풋이 떠올리며 손가락을 접을 것이다. 어디 보자, 이 사람과는 반년 사귀었고, 같은 식으로.

진짜 그렇게 되려나.

어깨를 축 늘어뜨리고 천국이었던 도서관을 나와 아지랑이가 일렁이는 눈부신 길을 터벅터벅 걸어 역으로

갔다. 이렇게 되니 미련 가득하게 스즈시로의 분실물을
구태여 조사했던 것도 바보 같다.

나는 스즈시로를 진심으로 좋아했는데 왜 이렇게 됐
을까.

"어라? 벌써 집에 왔어?"

"응."

점심이어서 아빠의 베이글 가게에는 손님이 세 팀쯤
있었다. 인사를 하며 뒤쪽 현관문을 통해 집으로 들어가
이 층으로 올라갔다.

이 층 거실에는 머리카락이 사방으로 뻗친 엄마가 훈
제연어를 넣은 양파베이글샌드위치를 먹고 있었다. 멍
한 얼굴로 한낮의 버라이어티 쇼를 보고 있는 걸 보니,
마감은 무사히 끝낸 모양이다.

"어서 오렴."

"응."

"너 학교나 아르바이트는?"

"이미 여름방학이야. 아르바이트는 수요일이랑 금요
일만."

"오늘이 무슨 요일이니?"

"화요일. 정신 차려요."

프리랜서가 된 후로 엄마는 생활 태도가 대놓고 흐트러졌다. 마감까지 앞으로 며칠이라는 의식은 있어도 요일 감각이 머리에서 사라졌나 보다.

어이없지만 지금은 잠에 취한 엄마를 상대할 기분이 아니다. 어두운 내 방에 들어가 에어컨을 켜고 침대에 털썩 누웠다.

다리가 가렵다. 땀띠가 아니라 모기라도 물렸나. 무릎을 구부려 더듬더듬 발목을 긁던 중에 검지 끝이 피부 안으로 푹 파묻혔다.

으악, 하는 비명을 삼키며 벌떡 일어나 조심스레 다리를 확인했다.

검지의 첫 번째 마디가 발목 뒤쪽, 뒤꿈치로 뻗은 굵은 아킬레스건과 뼈 사이의 움푹하고 부드러운 부위로 파고들었다.

아니, 이게 뭐야. 그런데 별로 아프지 않다. 조금 가려울 뿐이다. 살인지 피부인지 모를 뜨뜻미지근하고 탄력 있는 감촉이 무서워서 가만히 손가락을 뺐다.

거기에는 세로 4센티미터 정도의 가늘고 긴 금이 있었다. 상처도 아니고 단순히 살에 생긴 금이었다.

다리에 이런 금 같은 게 있었나?

한 번 더 조심조심 손가락을 넣어 보았다. 안에 공간이 있다. 마치 뭔가, 작은 것이 들어 있었던 것처럼.

뒤꿈치 바로 옆, 물결 주름이 잡힌 시트의 움푹 팬 곳에 납작한 것이 떨어져 있었다. 하얗고 동그란, 표면에 흐릿하게 소용돌이무늬가 보이고 광택 있는 구슬과도 같은 것.

스즈시로의 것보다 조금 작은, 십 엔짜리 동전만 한 그것을 쥐었다.

왜 그러고 싶다는 생각이 들었을까.

이해도 하기 전에 나는 그 구슬을 발목의 금에 밀어넣었다. 저항 하나 없이 그것은 살점 사이로 매끄럽게 들어갔다.

그러자 마치 막아 둔 강둑이 터진 것처럼 머릿속이 선명한 경치로 꽉 찼다.

초등학생 시절, 있다가도 없어져서 그 존재감을 이해하기 어려웠던 아빠가 버거웠다. 얼굴을 마주할 때면 늘 힘껏 놀아주는 아빠를 정말 정말 좋아했지만, 한편으로는 아이의 눈높이에 맞추려 애쓰는 그 모습이 아양을 떠는 것처럼 느껴져 마음 한구석으로는 무시하는 마음도 있었다.

아버지의 날(매년 유월 세 번째 일요일)을 맞아 일하는 아버지를 그려 오라는 숙제가 나왔다. 곤란해진 나는 반 친구들을 흉내 내어 양복을 입은 낯선 남자의 모습을 그렸다. '공무원'이라는 단어는 그 수업 시간에 배웠다. 생선가게 주인도, 백화점 직원도, 목수도 아닌 공무원이 라는 정체 모를 발음이 멋있었다. 우리 아빠도 공무원이 면 좋았을 텐데.

이런 끔찍한 기억을 어떻게 잊을 수 있었을까.

살점의 금에 손가락을 넣었다. 안에 넣었던 동안에는 아무런 감각이 없었는데, 손끝이 딱딱한 것에 닿자 갑자 기 이물감이 느껴져서 급속도로 기분 나빠졌다. 손가락 으로 구슬을 끄집어내자, 마른 피부가 축축한 내부를 비 벼서 아픈 듯 가려웠다.

그것이 몸에서 떨어져 나오자, 어깨에서 힘이 쓱 빠지 고 호흡이 편해졌다.

소용돌이무늬 구슬을 집어 눈앞으로 가지고 왔다. 잘 보니 내 구슬은 스즈시로의 구슬보다 투명도가 낮았다. 우유 같은 색이라 맛있어 보였다. 하지만 입에 넣으면 또 떠올리기 싫은 그 풍경과 감정이 우르르 몰려들겠지. 이 물체는 아마도 잊고 있던 기억일 것이다. 당시에는

마이, 마이마이

이 세상이 끝장날 것처럼 큰 사건이어서 너무 걱정되고 괴롭고, 어떻게 하면 좋을지 몰랐던 것. 하지만 상황이 달라지고 나 자신도 달라지면서 점점 아무래도 상관없어진다. 그러다 마침내 몸에서 툭 떨어져 나가는 것이다.

노는 여자들에게 품은 스즈시로의 집착도 이런 식으로 그에게서 떨어져 나왔다.

애초에 나는 스즈시로를 정말로 좋아했을까.

어린 시절에 생각했던 공무원 같은 사람이라는 이유만으로 푹 빠진 것은 아닐까.

시트 주름을 넋 놓고 바라보다가 우헤헤, 이상한 소리를 내며 웃고 말았다.

망상 속의 노는 여자를 원하는 스즈시로와 정체불명의 공무원을 바랐던 나. 우리 둘 다 글러 먹었다. 정작 서로를 단 한 번도 제대로 바라보지 않았으면서도 소름끼칠 정도로 닮아 있었다.

"유리아, 아빠가 점심을 가져다주셨네."

"네."

엄마가 불러서 거실로 갔다. 탁자에 내가 좋아하는 건포도절임과 호두를 넣은 크림치즈베이글샌드위치가 놓여 있었다. 홍차를 타서, 녹화해 둔 드라마를 여유롭게 보고 있는 엄마 옆에 앉아 좋은 향이 나는 베이글을 먹었다.

"엄마, 아빠는 지금 평범하게 베이글 가게를 하면서, 예전에는 왜 그렇게 무직으로 지내거나 갑자기 집을 비우며 버둥거렸던 거야? 대체 왜 그렇게 정신이 없었어?"

"으음."

고개를 쓱 기울이고 엄마가 잠깐 생각에 잠겼다.

"왜 그랬더라, 일이 좀 많이 있었는데."

"아하하."

엄마 몸에서는 이미 그에 관한 기억이 떨어져 나왔나 보다. 그랬겠다고 느리게 납득했다. 잊었다는 것은 그다지 기억해 둘 만한 것이 아니었는지도 모른다.

"어쨌든 네 아빠는 엄마랑 같이 있는 편이 잘 맞았어. 혼자 모르는 사람들 틈에서 노력하는 걸 힘들어하는 사람이었지. 그걸 좀 더 빨리 깨달았으면 좋았겠다고 생각해."

"혹시 엄마가 회사를 그만둔 것도 그래서?"

"그래, 번역 일이 제대로 자리를 잡을 수 있을지 조마조마했지만. 이제 아빠 가게도 조금씩은 흑자가 나고 일이 잘 풀려서 참 다행이지."

마이, 마이마이

"그렇게까지 해서 아빠랑 살 이유가 있었어?"

아빠는 공무원도 아니고 여전히 여러모로 불안정하다. 베이글은 잘 만들지만 엄마 말투로 미루어 짐작하건대 여전히 벌이는 별로인 것 같다. 엄마가 또 한 번 "으음" 하고 조금 전보다 큰 소리로 중얼거리더니 귀찮다는 듯이 눈썹을 찌푸렸다.

"잊어버렸어, 이제."

"뭐든 다 잊어버리네."

"어쨌든 매일이 즐겁고, 너랑 아빠가 건강하면 다 괜찮아."

일 층에서 아빠가 손님과 대화하는 목소리가 들렸다. 오늘 흑당베이글은 없어요? 아이고, 죄송합니다, 다 팔려서요, 오후 네 시가 되면 또 구울 거예요. 그럼 돌아오는 길에 또 들를게요. 엄마는 드라마에 시선을 고정한 채 소금센베이 봉지를 뜯었다. 나도 뭐든 다 잊더라도 그 사람이 계속 건강하기를 바라는 사람과 함께 살고 싶다.

베이글샌드위치를 다 먹고 엄마에게 센베이를 하나 받아먹었다.

인터넷 쇼핑으로 산 코럴핑크색에 반질반질한 브래지어를 차고, 가슴골이 잘 보이는 각도로 스마트폰을 들어 사진을 찍었다. 얼굴이나 젖꼭지, 정리되지 않은 방처럼 브래지어 이외의 불필요한 것들이 찍히지 않았는지 확인하고 스즈시로에게 사진을 전송했다.

이어서 [브래지어 새로 샀다. 짠, 봐봐!] 하고 신난 듯 메시지를 보내자 곧바로 [오, 귀엽네!]라는 답이 왔다. 나와 데이트나 식사는 귀찮아졌어도 섹스는 아직 할 마음이 있나 보다. 왕복 세 번에 못 미치는 대화만으로 순식간에 스즈시로의 원룸에 자러 가는 일정이 정해졌다.

친구네 집에서 자고 오겠다고 저녁에 집에서 나왔다. 전철을 갈아타 스즈시로가 사는 동네에 도착했고, 역 앞에서 소고기덮밥 이 인분을 샀다. 스즈시로는 곱빼기, 나는 보통, 김치를 하나 추가했다. 도로 폭이 좁은 상점가를 터벅터벅 걸어 지나갔다. 일 층에 드러그스토어가 입점한 맨션의 외부 계단을 따라 이 층으로 올라가면, 제일 안쪽 구석 자리가 바로 스즈시로의 집이다.

봄부터 여름까지 도대체 몇 번이나 이 집에 왔을까.

맥주를 마시며 소고기덮밥을 먹고 교대로 샤워했다. 마지막으로 스즈시로가 잘 때 쓰는 소파 침대에서 스킨

마이, 마이마이

십을 나눴다. 스즈시로는 달라졌다. 언제부턴가 당당하게, 전혀 거리낌 없이 셔츠를 벗게 되었다. 배에 난 털이 전보다 흐릿해 보이니까 슬쩍슬쩍 자르는지도 모른다. 처음에는 삼십 분 가깝게 했던 전희를 오 분 안에 해치우게 되었다.

끝난 뒤, 졸리다며 팬티 한 장 덜렁 입고 만족스럽게 코를 골기 시작한 스즈시로를 내버려두고, 나는 물을 끓여 인스턴트커피를 탔다. 뜨거운 커피를 조금씩 홀짝이며 밤이 깊어지기를 기다렸다.

이제 분명 두 번 다시 오지 않을, 좋아했던 사람의 집은 신기하게 보였다. 평소보다 조금 넓은 것 같기도 했다. 참 조용한 밤이다. 섹스를 시작하며 켠 에어컨이 성실하게 바람을 내뿜었다. 베란다 유리창을 덮은 커튼은 파란 다이아몬드무늬인데, 전에도 이런 화려한 무늬였는지 생각나지 않았다. 위웅위웅위웅, 대로를 달리는 구급차 소리가 가까워졌다가 멀어졌다.

시선 끝에 움직이는 것이 있었다. 소용돌이무늬 구슬 두 개가 내 가방 안주머니에서 기어 나와 벌꿀이 흐르는 것처럼 느릿느릿한 속도로 마룻바닥을 가로질렀다.

은은한 빛을 내뿜는 그것은 하얀 달팽이였다. 역시 살

아 있었다. 유난스레 위치를 바꾸며 제 존재를 알릴 때부터 그럴 줄 알았다. 큰 달팽이는 잠든 스즈시로의 몸으로, 작은 달팽이는 내 쪽으로 다가왔다. 이 아이들은 튕겨 나온 육체로 돌아가고 싶어 한다.

발끝으로 서서 작은 달팽이를 넘어 큰 달팽이 껍데기를 집어 들었다. 껍데기처럼 하얗고 반투명한 부드러운 육체가 주름을 잡으며 구불거렸다. 그걸 신중하게 스즈시로의 오른쪽 발등에 얹었다. 달팽이는 당혹스러운지 껍데기 안에 일단 숨었는데, 잠깐 기다리자 조심조심 두 개의 더듬이를 내보냈다. 마치 뭔가에 끌려가는 것처럼 느릿느릿 스즈시로의 몸을 타고 올라갔다. 털이 난 정강이, 창백한 무릎, 평원 같은 허벅지, 불룩한 허리뼈를 힘차게 넘어 명치 방향으로 완만하게 커브를 틀었다.

그러다가 왼쪽 갈비뼈 바로 아래에서 이동을 멈췄다. 꿈틀꿈틀 껍데기가 떨렸다. 들여다보니 거기에 섹스할 때는 전혀 몰랐던, 5센티미터쯤 되는 길쭉한 금이 있었다.

다만 금의 절반 가까이 이미 얇게 피부가 돋아 있었다. 달팽이는 더듬이를 떨며 몇 번이나 각도를 바꾸면서 틈으로 몸을 밀어 넣으려 했으나, 껍데기가 걸려서 들어가지 못했다. 그 조용한 사투를 숨죽이고 가만히 바라보

마이, 마이마이

왔다.

달팽이가 몸으로 돌아가면 틀림없이 스즈시로는 나에게 다시 돌아온다. 겁쟁이에 불안정하고 모든 것이 부끄러웠던 자기 자신에 흔들려서 하루히 같은 아이에게 다가갈 용기 따윈 사라질 것이다.

간단하다. 아주 조금, 새끼손가락 손톱을 반투명한 피부에 걸고 쭉 찢으면 된다. 그러면 끝이다. 우리는 다시 친근한 커플로 돌아간다.

공무원과 망상 속 노는 여자로.

후훗, 하고 나도 모르게 웃음이 나왔다. 어떻게든 스즈시로의 몸으로 돌아가려는 달팽이를 집어 바닥에 내려놓았다. 스즈시로는 배 위에서 벌어진 일을 전혀 깨닫지 못하고, 길게 숨을 내쉬며 기분 좋은 듯이 머리 방향을 바꿨다.

절반만 얇은 피부에 덮인 살점의 금에 내 의식이 끌려갔다. 참을 수 없어서 아직 피부에 덮이지 않은 부위를 검지로 살살 만졌다.

손가락 끝을 살살 흔들며 축축한 살점의 접합부를 좌우로 벌렸다. 입구를 지나자 손가락 두 번째 마디까지 부드럽게 들어갔다. 내 것을 건드렸을 때는 아무 생각이 없었는데, 처음으로 만진 타인의 체내는 매끄럽고 따뜻했다. 잠든 스즈시로의 움직임에 맞춰 때때로 손가락을 움찔 조이는 것이 이루 말할 수 없이 관능적이다. 여기에 한 남자애의 수치가 살고 있었다.

수치로 여겼던 내용을 잊어도 나는 누군가의 내부에 닿는 이 야릇함과 따뜻함과 매끈함을 잊지 못하겠지.

창문을 열고 바닥을 헤매는 달팽이 두 마리를 집어 맨션 뒤 수풀로 던졌다. 소리도 없이 나뭇잎 그늘로 빨려 들어간 그것을 배웅하고, 은은한 살굿빛으로 밝아지는 하늘을 바라보았다. 그대로 아침이 오기를 기다렸다.

마이, 마이마이

떨리다

어딘가에서 비가 내린다. 문의가 들어온 살구젤리 입고 예정을 확인하던 중에 생각했다. 굵직한 빗방울이 우산 표면에 연달아 뭉개지는, 약간 불분명한 소리가 고막을 간질였다. 나는 어려서부터 우산 쓰는 걸 좋아해서 어른이 된 지금도 이 소리를 들으면 조금 즐거워진다.

그런데 길가라면 몰라도 사무실에서 이런 소리가 들리는 건 이상하다. 투둑투둑, 가벼운 소리가 다시 울렸다. 왼쪽 대각선 건너편에 앉은 시라이 씨의 손끝에서 들려왔다. '다음 달 시월 이후 납품 예정인데 괜찮으실까요'라고 쓰던 메일 문장을 마무리하며 눈만 그쪽으로

떨리다

움직였다. 시라이 씨의 왼손, 엄지를 제외한 네 개의 손가락이 노트북 좌측 모서리를 두드렸다. 새끼손가락부터 순서대로 약지, 중지, 검지가 도미노 쓰러지듯 연동해 까맣게 염색된 플라스틱 위에서 튕긴다. 새하얀 손가락과 가지런히 짧게 자른 손톱이 부드럽고 또렷한, 빗줄기와 비슷한 소리를 새겼다.

벌써 이 년 가까이 같은 부서에서 일했는데 시라이 씨의 손가락을 의식하고 본 건 처음이었다. 시라이 씨는 생각에 잠긴 듯 고개를 살짝 기울이고 있었다. 아마 지금 하는 일에 뭔가 트러블이 생겨 대처를 검토하고 있겠지. 깊이 사색할 때의 습관일까. 지금까지 알아차리지 못했다.

나보다 조금 연상인 시라이 씨는 목소리가 작고 분위기가 차분한 사람이다. 부서 회식 자리에 있든 없든 다들 알아차리지 못하는 타입이다. 그래도 적당히 술이 들어간 2차 때, 나는 왁자지껄한 일대를 떠나 시라이 씨 옆에 앉는 것을 꽤 좋아했다. 평소에는 별로 잡담을 즐기는 사람이 아닌데, 술이 들어간 시라이 씨는 말이 제법 유창해져서 키우는 카나리아 이야기를 종종 했다. 우리 본가도 문조를 키워서 새를 사랑하는 사람끼리 화제가 끊이지 않았다. 시라이 씨는 기본적으로 남의 험담을 하지 않고, 언성을 높이지 않았다. 불분명한 목소리를 알아들으려고 그의 입가에 귀를 가까이 가져가면, 마치 내가 익숙한 수풀에 숨은 야생 새가 된 것처럼 평온함을 느꼈다.

멋을 아는 회사 동료. 내가 시라이 씨에게 품은 인상이었다.

그런데 어쩌다 이렇게 된 걸까. 그때 나는 시야 끝에서 언뜻거리는 시라이 씨의 손가락에서 시선을 떼지 못했다. 단정하게 타원형으로 정돈한 손톱이 살랑살랑 떠올랐다가 매끄럽게 떨어졌다. 투둑투둑, 울리는 소리. 그의 무의식적인 리듬을 계속 듣고 싶은 기분이었다.

작은 바늘이 목덜미를 찌르는 듯한 통증을 느껴 아, 큰일 났다, 하고 생각했다. 실제로도 큰일이었다.

그날부터 나는 시라이 씨의 거동 전부가 마음에 들어 어쩔 줄 몰랐다. 시라이 씨와 눈이 마주치면 목덜미가 뜨겁게 쑤시고 심장이 빠르게 뛰어 제대로 대화를 나눌 수 없었다. 담백하다는 것 이외에 아무 느낌 없었던 시라이 씨의 외모는 내가 푹 빠져들 정도로 매력적으로 보였고, 주변 사람들이 흥미 없어 할 만한 화제 선택은 신중한 이성을 반영한 것처럼 보이기 시작했다.

의식하지 않으려 해도 같은 직장이니까 어쩔 수 없이 시라이 씨와 만나는 일이 잦다. 사무실에서, 식당에서, 사물함실에서, 스쳐 지날 때마다 벼락 맞은 듯이 몸을 굳히는 내가 얼마나 수상해 보일까. 시라이 씨를 만나면 괴롭다. 그런데 더 가까워지고 싶어서 미치겠다. 덜그럭 덜그럭, 몸 내부에서 떨림이 생겼다.

"피아노라든가, 혹시 치셨어요?"

식당에서 시라이 씨 근처에 앉았을 때, 홍차가 담긴 따뜻한 종이컵을 두 손으로 들어 떨림을 억제하며 물었다. 손가락을 순서대로 움직이는 그 가련한 습관의 유래를 이래저래 상상했었다. 시라이 씨는 어리둥절하게 눈을 뜨고 아니요, 하고 짧게 대답했다. 놀라서 올라간 눈썹이 귀여워 가슴이 터질 것 같아서 그렇구나, 그럼 저는 먼저, 하고 부자연스럽게 대화를 끝내고 자리에서 일어났다. 시라이 씨의 입가에 귀를 대고 차분한 마음으로 새 이야기를 듣는 일은 이제 두 번 다시 못 할 것이다. 정말 좋아했던 시간인데.

시라이 씨에게 다가갈 때마다 내 체내에서 작게 터지며 존재를 호소하던 것이 태어나 버렸다. 그 진동이 속

수무책으로 내 감정의 조율을 흐트려서 시라이 씨에게 자꾸만 극단적인 행동을 취했다. 이걸 더 견뎠다가는, 나는 내가 아니게 된다.

손가락에 반한 날부터 두 달쯤 지난 구름 살짝 낀 수요일. 출근길에 본 공원의 갓 피어난 벚꽃 봉오리에서 용기를 얻은 나는 점심시간에 시라이 씨를 빈 회의실로 불러냈다. 그는 통밀빵에 훈제연어와 크림치즈, 양상추를 곁들인 샌드위치와 종이 팩 밀크티를 들고 나타났다. 회사 근처 편의점에서 파는, 그가 늘 즐겨 먹는 점심 조합 그대로였다.

"네무 씨, 혹시."

"네."

손가락도, 몸도 떨렸다. 특유의 진동이 뇌의 신경 전달물질을 방출한다. 회식에서 옆에 앉으면 시라이 씨는 언제나 웃으며 반겨 주었다. 희망이 없지는 않을 것이다. 그의 체내에도 그것이 태어났을지도 모른다.

"저와 돌을 교환해 주시겠어요?"

내 말에 시라이 씨가 입을 일자로 다물고 진중한 표정을 지었다.

"안타깝게도 제 안에는 돌이 생기지 않았어요."

명확한 대답을 듣자 몸에서 힘이 빠져나갔다. 무릎이 떨려 그 자리에 쭈그려 앉았다.

"아아, 안타깝, 네요……."

"그런 거였군요. 최근 들어 네무 씨가 왠지 안절부절 못한다고 생각했어요."

"실례되는 태도를 보여 죄송했어요."

"아닙니다, 큰일이 생겼었군요."

시라이 씨가 내 등을 쓰다듬자 눈물이 났다. 시라이 씨가 나를 만져서 기쁘다. 소망은 이루어지지 않았는데 기쁘다. 위쪽에서 위로를 담은 목소리가 내려왔다.

"이러고 있는 것도 괴롭죠. 그럼 빨리 꺼낼까요. 돌의 위치를 알아요?"

그 말에 바로 대답하지 못한 것은 아깝다고 생각했기 때문이다. 괴로워도 즐거운, 달콤한 착각에서 빠져나오는 것이 아깝다. 돌이 내 몸을 침식할 때면 늘 이렇게 생각한다.

그래도 이대로 두면 너무 위험하다. 복숭앗빛 돌을 깨물어 먹었던, 오키나 선배의 미소가 머리를 스쳤다.

"목덜미…… 목덜미일 거예요."

"실례하겠습니다."

피부가 간신히 닿을락 말락 조심스러운 손놀림으로 시라이 씨의 손가락이 내 목을 건드렸다. 진동이 강해졌다. 그것이 기뻐서 발열하고, 몸 안을 이동하면서 그의 손가락에 다가가는 것이 느껴진다.

"아아, 여기네요. 맥박이 쳐요."

할게요, 라고 말을 건 직후, 차가움과 비슷한 통증이 피부 표면을 쓱 달렸다. 손톱이나 무엇인가로 얇은 피부를 찢었겠지. 온도 낮은 손끝이 살점과 살점 사이로 기어들어 응고한 덩어리를 긁어냈다. 아아, 시라이 씨의 손가락이 몸 안에서 움직인다. 그의 움직임이 전해진다. 기뻐, 기뻐, 기뻐!

덩어리가 완전히 몸에서 떨어진 순간, 기쁘다고 느꼈던 마음이 뚝 끊어진 것처럼 사라졌다.

대신 부정형의, 농무(濃霧)와 닮은 상실감이 밀려왔다. 더운물을 버린 찻종처럼, 은은하게 몸에 남은 열기가 서서히 내려갔다. 채워졌던 것이 사라졌다는 게 쓸쓸해서 눈가에 눈물이 맺혔다. 그런데도 고작 몇 초 전에 나를 채웠던 달콤하고 괴로운 감각이 전혀 생각나지 않는다.

"잘 꺼냈어요. 귀여운 오렌지색이네요."

밝은 목소리에 끌려 고개를 들었다. 그러자 시라이 씨

떨리다

가 내 앞에 쪼그려 손바닥에 얹은 돌을 보여주었다. 크기도 형태도 누에콩 같은 그 알갱이는 정말로, 살짝 유백색이 도는 오렌지색이었다. 우리 회사가 판매하는 업소용 살구젤리와 조금 비슷하다. 그러나 돌에 귀엽고 말고가 있겠는가. 자칫 잘못하면 목숨을 앗아가는 위험한 물체다.

태평한 사람이다 싶어 어이없음에 가까운, 아무런 열기도 품지 않은 감정이 스르륵 차올라 나는 어깨를 움츠렸다. 오렌지색 누에콩이 시라이 씨의 손바닥 위에서 살짝 흔들렸다. 눈을 깜박이면 모를 정도로, 일 밀리미터에도 못 미치는 떨림을 몇 초마다 반복한다. 몸 안에 있었을 때는 아주 크게 느껴졌는데, 이렇게 바라보면 참으로 하찮은 물체에 휘둘린 것 같아 신기한 기분이었다.

"그만 버리세요, 그런 거."

"아니요, 본인 앞에서 버리는 건 매너 위반이니 일단 가지고 갈게요."

시라이 씨는 오렌지색 돌을 손수건으로 말아 주머니에 넣었다.

"아, 떨리네요."

재미있다는 듯 말해서 조금 발끈했는데, 곧 나도 유쾌

한 기분이 북받쳤다.

"시라이 씨."

"네."

"회식 때 또 카나리아 이야기를 해줄래요?"

"물론이죠. 그럼 네무 씨도 빨리 점심 먹어야죠. 점심 시간이 끝나겠어요."

시라이 씨가 샌드위치와 밀크티를 소중하게 들고 회의실에서 나갔다.

시라이 씨에게 차인 내 이야기를 듣고 "여전히 경솔한 사랑을 하네"라고 구레하가 진지하게 대꾸했다.

"경솔하다니."

"상대방에게 뭐 아무것도 안 하고서 고백하면 어떡하니? 갑자기 털어놓는다고 돌이 생길 리 없잖아. 좀 더 그런 기분이 들게 한 다음에 해야지."

"에이, 어떻게 해야 그런 기분이 드는데?"

"친근하게 말을 걸거나, 적당한 구실로 놀러 가자고 하거나."

"시라이 씨는 회사에서 별로 수다 떠는 타입이 아니란 말이야. 노는 것도 뭘 좋아하는지 모르고."

"그렇게 잘 알지도 못하는 사람이 왜 좋아졌어?"

컴퓨터 가장자리를 두드리는 손가락이 신경 쓰였다고는 차마 말할 수 없다. 나는 미지근해진 캔맥주를 마시며 만개한 벚꽃을 올려다보았다. 한 평 크기쯤 되는 피크닉용 돗자리에는 맥주 말고도 용기에 든 영양 주먹밥과 닭튀김, 오이와 당근설탕절임이 놓여 있었다.

"뭐, 이런 건 교통사고를 당하는 거나 마찬가지니까."

구레하 옆에 책상다리하고 앉은 젠이 분위기를 바꾸려는 듯이 말했다. 젠의 무릎 위에는 아빠의 가슴에 보드라운 뺨을 파묻은 생후 사 개월 된 아들 미쓰가 잠들어 있다. 초등학교 교사인 젠은 같은 학교에서 일하는 사람과 결혼해 올해 초 미쓰를 낳았다. 신생아가 있으니 외출은 어려울 것 같았지만 혹시 몰라 꽃놀이하러 가자고 묻자, 오히려 아내를 쉬게 하고 싶다며 미쓰도 데리고 가도 되냐고 물었다. 거절할 이유가 없었다. 조금 전까지 잔디 위에서 미쓰를 살살 굴리고 장난감을 흔들며 같이 놀아 줬고, 한 시간쯤 지나 드디어 잠들었다. 나와 구레하와 젠은 고등학교 합창부 동기다. 지금도 집이 가까워서 부담 없이 교류하며 지낸다.

"젠은 파트너와의 관계도 정말 교통사고 같은 느낌으

로 시작했어?"

조금 질투심을 담아 물어보았다. 젠은 먼 경치를 바라보는 표정으로 신음하며 고개를 기울였다.

"글쎄다? 나는 그 사람을 만난 순간부터 괜찮다고 생각했더니 점점 돌이 부풀었거든. 그랬더니 그 사람이 돌을 교환하자고 말해서, 그래서."

"너무 평탄해서 참고도 안 되잖아."

그렇지? 하고 동의를 구하며 구레하를 돌아보았다. 그런데 쌀알이라도 떨어졌는지 구레하가 돗자리에서 뭔가를 집어 들었다. 물티슈를 건네자 고맙다고 고개를 끄덕였다.

"잘 풀릴 때는 그런 법인가 봐. 게다가…… 뭐 잘됐네. 이제 괴롭지 않으니까. 시라이 씨가 잘 꺼내줬지? 좋은 사람이다. 병원에서 꺼내려고 하면 돈이 꽤 들잖아."

"게다가 돌이 의사 손가락을 싫어해서 몸 안으로 도망치니까 아프지."

"아, 맞아. 시라이 씨, 친절했어. 하나도 안 아팠어."

지금이야 아무 생각 없지만, 그 사람과 공명할 수 있었다면 분명 나는 행복해졌을 것이다. 서로 좋아하는 사람과 꺼낸 돌을 교환해 각자 몸의 비어 있는 틈에 넣는

떨리다

다. 그러면 기쁨에 떠는 돌끼리 공명해서 혼자 돌을 부풀릴 때보다 훨씬 더 깊게, 일렁이는 듯한 기쁨을 얻는다고 한다.

"있지, 공명하면 정말 행복해? 좋은 거야?"

세 사람 중에서 사랑이 이루어진 경험을 한 사람은 젠뿐이다. 젠은 또 먼 곳을 보는 듯 찡그린 표정을 짓고 응, 그렇지, 하고 고개를 끄덕였다.

"좋다고 생각해. 되게 차분해지고……. 이렇게 되고 싶었다는 걸 알게 돼. 그래도, 으음."

"그래도?"

"이제 나는 이대로, 어디로도 못 간다고 생각하면 이상한 기분이야."

나와 구레하는 얼굴을 마주 보았다. 보아하니 젠은 우리와는 전혀 다른 복잡한 고민을 품고 있나 보다.

"젠, 좀 더 많은 비애를 여러 번 겪고 싶었다는 뜻이야?"

"아니, 그게 아니라 누군가나 무언가를 좋아해서 돌을 바치는 건, 말하자면 삶의 목적지를 정하는 거잖아. 나는 이미 정한 거야. 그러니까 가끔 정하지 않았던 때가 그리워. 말하자면…… 뭔가 잃어버린 기분이 든다고 해야 하나?"

구레하가 얼굴을 찌푸리고 젠의 등을 때렸다.

"가진 자의 고민이네! 나는 바치고 싶어도 바치지 못해서 괴로운데 말이야."

미쓰가 깨잖아, 하고 젠이 성가시다는 듯 어깨를 움츠렸다.

링링, 청아하게 울리는 희미한 소리가 어디에서 시작된 건지 처음에는 몰랐다. 그 정도로 소리가 작고, 또 금방 그쳤다.

사물함실에서 들리는 경우가 많다는 걸 깨닫고 의식해서 귀를 기울였다. 신기하게도 그 소리가 내 마음을 끌어당겨 그냥 흘려보낼 수 없었다.

특히 시라이 씨가 사물함실에 있을 때 잘 울렸다. 거기까지 알았으니 찾을 곳은 하나다. 다른 사원이 나간 타이밍을 노려, 네 칸 옆인 시라이 씨의 사물함 문을 열었다. 최대한 소리가 나지 않게 신중히.

코트와 가방이 걸린 봉 위의 선반에 자그마한 유리병 여덟 개가 놓여 있었다. 왼쪽 끝의 작은 병 안에 든 것이 익숙했다. 뿌연 오렌지색 돌. 그 옆에 있는 돌은 투명

떨리다

하고 깊은 붉은색으로, 분명 아주 높은 순도로 마음이
담겼을 것이다. 그 옆은 보는 각도에 따라 은은한 무지
개색으로 빛나는 연회색. 또 그 옆은 별처럼 무수한 은
빛 알갱이가 내부에 담긴 감청색. 또 옆에는 아주 진한
분홍색. 또 그 옆은.

"허락도 없이 남의 사물함을 열지 마시죠."

나는 대체 얼마나 오랜 시간을 거기 서 있었던 걸까.
어느새 시라이 씨가 얼굴을 찌푸리고 옆에 서 있었다.

"죄송해요."

"무슨 일이에요. 아직 돌이 몸에 남아 있어요?"

"그게 아니라."

"일단 거기서 비켜 주세요."

시라이 씨가 사물함 문에 손을 댔다. 바로 그때.

링링, 왼쪽 끝의 유리병이 방울 같은 소리를 냈다. 시
라이 씨의 접근을 감지한 내 돌이 기쁨에 떨며 병에 제
몸을 부딪쳤다. 그 음색이, 리듬이 귀에 닿은 순간, 기묘
한 초조함이 북받쳤다. 시라이 씨가 좋아. 아니, 좋아하
지 않아. 시라이 씨를 몸 안에 넣고 싶어. 시라이 씨의
몸에 파고들고 싶어. 아니, 그건 이제 끝났잖아. 충동에
휘둘려 속이 메스꺼웠다.

"시라이 씨, 그거 버려 주세요. 아니면 병에서 꺼내요. 소리가…… 신경 쓰여서."

"네?"

시라이 씨가 황급히 유리병을 열어 내 돌을 꺼냈다. 손에 움켜쥐자 소리는 멈췄으나, 아마도 그건 더욱더 기뻐하고 있겠다고, 남 일처럼 생각했다.

"그렇군요. 다른 사람들은 이 사물함실을 쓰지 않으니까 지금까지 몰랐어요. 죄송합니다. 불편하게 했네요. 여기 보관하는 건 그만두겠습니다."

"보관…… 특이한 취미네요."

"그런가요?"

"그보다 되게 인기 좋으세요, 시라이 씨."

눈에 띄지 않는 사람이라고 생각해서 의외였다. 시라이 씨 손끝의 팔랑거림에 이끌린 것은 나뿐이 아니었구나. 돌을 꺼내는 작업에 능숙할 만하다.

"인기 있는 건가요?"

"넘치도록요."

"네무 씨는 지금까지 돌을 몇 개나 받았나요?"

"그런 걸 물어봐요? 학창 시절에 한 개였어요."

공교롭게도 나는 돌 교환을 제안했던 다른 반 학생의

　　　　　　　　떨리다

이름조차 가물가물했다. 정중하게 거절하고, 펑펑 우는 그 사람의 움푹 팬 쇄골 부근에서 신중하게 돌을 꺼냈다. 표면의 얇은 피부를 손톱으로 잘 찢어내지 못해 커터 칼을 사용한 탓에 피가 조금 나와 미안했다. 꺼낸 돌은 광택 있는 캐러멜 같은 색이었는데, 잘 모르는 사람의 마음이 응축된 그것은 고맙다기보다 당혹스러움이 앞섰고, 내가 가지고 있는 한 계속 떠는 것도 곤란해서 하교하는 도중 강에 던졌다. 지금쯤 바다 밑에서 빛나고 있을 것이다. 그런 결말을 맞이하는 돌이 분명 많지 않을까. 보답받지 못하는 마음으로 빛나는 또 하나의 은하다.

"여덟 개나 있으니까 장관이에요. 조금 무섭다."

"무서운 건가요?"

"저는 고등학교 때 선배가 결정화되어 죽었거든요. 돌은 무섭다는 인상이 강해요."

내게 처음으로 돌을 생기게 한 사람이었다. 쾌활하고 붙임성 있게 웃는, 핸드볼부 에이스였던 오키나 선배. 많은 학생이 그 사람에게 마음을 빼앗겨 돌을 바쳤다. 나도 그중 한 명이었다. 기뻐, 하지만 미안해, 지금은 핸드볼 말고는 눈에 들어오지 않아서. 마치 대사처럼 똑같은 거절 문구를 반복하고, 우는 상대를 위로라도 하듯이 선배는 꺼낸 돌을 입에 넣고 깨물어 삼키는 모습을 보여주었다. 그게 당시 유행이었고, 가장 성의 있는 대처라고 여겨졌다. 인체에서 꺼낸 돌은 달콤하다고 한다. 소금기 있는 꿀맛 같다는 소리를 흔히 듣는다.

몇십 명의 돌을 웃으며 삼킨 선배는 졸업 직전, 자기 방에서 죽은 채로 발견되었다. 공공연하게 퍼진 소문으로는, 발견 당시 선배는 목에서 왼쪽 가슴까지 적자색 돌로 변한 채 목을 긁는 듯한 자세로 굳었다고 한다. 돌이 자라는 속도는 사람마다 다르다지만, 체표를 침식할 정도로 거대한 돌이 되려면 연 단위의 사랑이 필요하다. 아무도 선배의 사랑을 모르고, 선배 역시 누구에게도 털어놓지 않았다.

오키나 선배의 이야기를 들으며 시라이 씨는 이해할 수 없다는 듯이 고개를 기울였다.

"사모하는 사람에게 고백해도 되고 말하기 어려우면 병원에 가서 꺼내 달라고 해도 되는데요. 때때로 결정화해서 죽은 사람의 이야기를 듣습니다만, 솔직히 이해가 안 돼요. 왜 그런 이상한 행동을 하는지."

"어……. 돌이 자라는 동안에는 마음이 엉망진창이라 냉정하게 판단하지 못해요. 숨긴 마음과 동반자살하고 싶

떨리다

은 기분이 들었던 게 아닐까요? 어, 시라이 씨, 혹시……."

"맞아요, 돌이 생긴 적이 없어요. 어떤 사람을 편하다고 느낀 적이라면 있지만."

아무렇지 않게 말해서 놀랐다. 나는 평균보다 돌이 잘 생기는 편이어서 돌이 전혀 생기지 않고 오랜 세월을 사는 것은 전혀 상상할 수 없었다.

"가끔…… 달이나 바다나 화산이나, 그런 것에 끌려서 돌이 생기는 사람 이야기를 듣는데……."

"아니요. 그런 적도 딱히 없어서요."

"일이나, 국가나. 다른 무언가에 대해서도요?"

"일은 뭐, 평범합니다. 국가도 특별히는. 아마 저는 전반적으로 정열이라 부를 만한 것이 남들보다 부족할 거예요. 골똘히 빠져들 정도로 뭔가를 원한 적 없어요."

"카나리아는요?"

"저런 돌과 같아요. 아름답다고 생각하고 소중히 돌봅니다."

후, 하고 나도 모르게 깊은 한숨이 나왔다.

"제 사랑은 정말로 희망이라곤 없었네요."

"그렇습니다. 아쉽지만."

"제 돌뿐 아니라 이렇게 예쁜 다른 일곱 개의 돌도."

장대한 에너지 낭비다. 왜 이 세상은 이렇게 성취하지 못하는 사랑을 계속 발생시킬까. 누구도 원하지 않은 돌들을 모아 세계 평화에든 뭐든 쓸모 있게 쓰면 좋을 텐데.

"그러고 보니 다른 일곱 개는 울지 않네요. 시라이 씨가 가까이 가도."

"어라, 모르세요? 돌은 꺼내고 2주가 지나면 움직이지 않아요. 그 사이에 원하는 상대의 몸 안으로 들어가면 계속 움직인다는데, 아마 원래 주인에게서 나눠 받은 생명이 그 기간이면 다하는 거겠죠."

말을 마친 시라이 씨가 으음, 하고 생각에 잠겼다. 자기가 말한 내용에 납득하지 못하겠는지, 다시 입을 열었다.

"나눠 받은 것보다는 태어났다고 해야 할까요. 당신에게서 태어나 때때로 당신의 뇌에 장난을 치고, 몸에서 떨어지면 고작 이 주만 사는 작고 아름답고 귀찮은 생물이 이겁니다. 귀엽지 않아요?"

그러면서 자기 손바닥에 얹은 오렌지색 돌을 보여주었다.

"하나도 안 귀여워요."

떨리다

나는 씁쓸한 기분으로 진동하는 누에콩에서 시선을
피했다.

"귀엽진 않지만 태어나는 거라면 의미가 없어도 어쩔
수 없네요."

"어쩔 수 없는 거겠죠. 저는 잘 모르지만요."

후후, 시라이 씨가 조금 즐겁게 웃었다.

이 사람은 의외로 남이 곤란해하는 모습을 즐기는 심
술궂은 성향이 있는지도 모른다. 돌에 침식되었을 때보
다 시라이 씨가 잘 보였다. 이렇게 알게 된 새로운 시라
이 씨가 나는 별로 싫지 않았다.

저녁이 되면 미쓰가 칭얼거린다며 젠이 서둘러 짐을
정리해 돌아갔다. 젠이 가지고 온 닭튀김과 설탕절임이
담겼던 용기까지 치워져서, 구레하와 둘이 넓어진 돗자
리에 다리를 뻗고 앉았다. 바람이 불 때마다 광택 도는
꽃잎이 비처럼 쏟아졌다.

구레하는 음료가 담긴 아이스박스를 들여다보았다.

"맥주, 마지막 캔입니다."

"반씩 마실까?"

"그러자."

"구레하, 오늘 좀 빨리 마시네?"

"아니거든요."

구레하는 맥주를 따서 한 모금 마시고 내게 캔을 내밀었다. 친구의 소매에서 파란색 돌이 데구루루 떨어졌다. 남쪽 바다를 도려낸 듯한 네온 블루가 우리 움직임에 맞춰 돗자리 위를 굴렀다.

"어?"

구레하는 맥주를 든 채 떨어진 돌을 바라보고 입을 다물었다. 나는 일단 캔을 받고 이어서 돌을 주웠다.

"이거 누구 돌인지 알아? 구레하, 네 거야?"

일단 물어보았지만 자연스럽게 몸에서 떨어졌으니까 분명 구레하의 돌은 아닐 것이다.

한참 머뭇거리더니 구레하는 유난히 평탄하고 억양 없는 말투로 말했다.

"내 돌이 아니야."

"그럼 누구 건데?"

"소라치카 씨 거."

소라치카 씨는 구레하가 전부터 남몰래 돌을 부풀리던 동료 물리치료사였다. 어, 교환했어? 신나서 말을 걸려다가, 그랬다면 구레하의 몸에서 돌이 떨어질 리 없다

떨리다

는 사실을 깨달았다. 구레하는 치통이라도 앓는 사람처럼 좌우 균형이 어긋난 어색한 표정으로 말을 이었다.

구레하와 소라치카 씨가 일하는 곳은 지역 의료를 담당하는 대형 종합병원이었다. 일을 마치고 오토바이로 퇴근하던 소라치카 씨가 신호를 무시한 트럭에 측면을 들이받혀 이송된 곳은, 다름 아닌 방금 전까지 그가 일하던 직장이었다.

"병원에 들어왔을 때는 이미 숨이 멎은 상태였어. 그래도 가족이 보기 전에 조금이라도 몸을 깨끗하게 해주고 싶어서, 그래서……."

지혈을 비롯한 사후 처리를 하던 구레하의 손에 우연히 이 돌이 굴러들어 왔다고 한다. 그의 이미지를 그대로 옮긴, 단호하고 떳떳한 네온 블루를 도저히 놓지 못해서 구레하는 그걸 자기 주머니에 넣었다.

"아아, 운명이다. 그 사람의 돌과 같이 살 수 있겠다고 펑펑 울며 내 돌 적출 수술을 받고 대신 이걸 넣었는데 말이야. 이 돌은 내 몸이 싫은지 나오려고 해. 전혀 떨지도 않으면서 문득 정신 차리면 뚝 떨어져. 내가 아니야. 이 돌이 가고 싶은 건 다른 사람의 몸이야. 옆에 있는 내 돌만 떨고 이건 미동도 안 해. 결국 한 번도 공명하지 못한 채로 그저께 내 돌이 죽었어."

구레하는 안타까운 듯 미간에 주름을 잡고 가방 안주머니에서 짙고 어두운 카키색 돌을 꺼냈다. 이쪽이 구레하의 돌인가 보다. 돌을 꺼냈기에 이젠 연심을 잃었을 텐데 구레하는 여전히 괴로워 보였다. 눈을 찌르는 네온 블루와 걸쭉하게 탁한 딥 카키. 색감이 전혀 다른 두 개의 돌이 돗자리 위에서 조용히 접촉한다. 둘 다 움직이지 않게 되어서야, 비로소.

"역시 기본적으로 쌍방이 맞질 않지."

"안 맞아. 맞은 적이 없어."

힘주어 고개를 끄덕인 구레하는 자신도 곤혹스러운지 눈썹을 모으고 느릿느릿 말했다.

"그래도 즐거웠어. 잘된 게 하나도 없는데도 그 사람을 좋아하는 동안, 정말 즐거웠어."

"응."

"소라치카 씨도 분명 그랬을 거야."

나는 구레하의 등 뒤에 앉아 두 팔로 친구의 몸을 안았다. 면 소재 니트를 입은 부드러운 등에 귀를 댔다. 의미 없이 태어나 끊임없이 떨리고 있는 것은 돌이 아니라 우리다. 사실은 그 누구와도 일정해지지 않고, 오로

떨리다

지 혼자만의 리듬으로.

"다음 주에도 꽃구경하러 갈까?"

지금 만개한 꽃이 질 무렵이면 늦게 피는 꽃이 필 터이다. 구레하는 대답하지 않고 두 개의 돌을 움켜쥔 채 고개를 숙였다.

"시라이 씨도 부를까."

각자 따로 떨리는 것도, 미동도 하지 않는 것도, 여전히 달라지지 않겠지. 그래도 분명 즐거운 자리가 될 것이다. 희끗희끗한 꽃잎이 뺨에 달라붙는다. 후우, 흐린 하늘을 향해 불어 날렸다.

매그놀리아 남편

거실에 들어서자마자 아, 꽃이 있네, 라고 생각했다.

베란다로 통하는 창문 옆, 먼지가 살짝 쌓인 바닥에 커다란 유리 화분이 놓여 있었고 하얀 꽃이 담백하게 피어 있었다. 뭐지? 아마도 남편의 일과 관련 있는 것이겠지. 베개 두 개가 나란히 들어갈 정도로 거대한 화분은 그야말로 무대에 어울리는 크기였다. 감귤류의 상큼함과 비단 리본의 부드러움이 동시에 느껴지는 달콤한 향이 코끝을 간질였다. 꽃이 있는 생활도 괜찮다는 생각이 들었다.

그러나 지금은 꽃보다도 찾을 게 있다. 거실과 이어진

방 한구석, 컴퓨터 책상 주변에 서적과 종이 뭉치, 봉투가 탑처럼 빽빽하게 쌓여 있었다. 나는 그것들을 무너뜨리듯 헤치며 쏟아냈다. 발 디딜 틈 없이 어지럽히고서야 받는 사람 이름도 적혀 있지 않은 하얗고 큰 봉투를 발견했다. 안을 확인하고 얼른 스마트폰을 켜서 담당 편집자에게 전화를 걸었다.

"계약서 찾았어요! 소란을 피워 죄송합니다. 내용 확인해서 내일 중에 발송할게요!"

까만 초콜릿을 닮은 기계에서 아아, 다행이에요. 그럼 잘 부탁합니다, 하는 듣기 좋고 차분한 목소리가 돌아왔다. 화면을 터치해 통화를 마쳤는데, 내 손으로 어지럽힌 종이의 바다에 파묻혀 있다는 사실을 문득 자각하자 진저리가 났다. 신경 써서 읽어야 하는 복잡한 문장들이 가득한 계약서를 내던지고 싶어졌지만, 그렇게 했다가 잃어버려 고생했던 기억을 떠올리고 이상한 자세로 멈춰 섰다.

"문제는 해결했어?"

이쿠토의 목소리가 예상치 못하게 가까이에서 들려 놀랐다.

돌아보았다. 위아래를 전부 새까맣게 입어, 눈에 띄고

싶은 건지 숨고 싶은 건지 알 수 없는 차림을 한 남편이 허공에 멈춘 내 봉투를 집어 들려던 참이었다.

"어라, 있었네?"

"아까부터 있었어. 내 옆을 지나갔잖아."

"옷차림 특이하다."

"의상이거든요, 의상."

이쿠토는 집어 든 봉투를 조심스러운 손길로 내 컴퓨터 책상 중앙에 놓았다. 일단 이것부터 정리해야지, 라는 부드러운 압박을 느꼈다. 착실한 남편은 남에게 피해를 주며 일하는 방식을 싫어한다. 소속 극단에서도 그렇고, 경영하는 카페에서도 그렇다. 사무 작업은 늘 제일 먼저 끝내고, 계약서 확인이나 영수증 발행도 상대방을 기다리게 해서 사과하는 모습을 본 적 없다.

"의상이야? 새까만 그림자 역?"

"백목련 역."

"오, 고상해."

"그렇지?"

하늘나라에 우연히 가게 된 인간이 그곳에 자란 특별하고 아름다운 목련 가지 하나를 가지고 오려다가 소동을 일으키는 내용이라고 했다. 잘린 목련 가지는 감미로

매그놀리아 남편

운 죄의 상징으로 무대 중앙에 놓인다. 이윽고 도둑인 인간, 하늘나라의 위병, 하늘나라의 주인, 그의 비(妃)에게로 연달아 소유권이 넘어간다. 이야기의 기복에 맞춰 왕성하게 꽃을 피우거나 반대로 병들어 시드는 등 연기력을 선보일 장면도 많은가 보다.

"특이한데 재미있는 역이다."

"응, 생각보다 마음에 들어. 지금까지 연기한 역할 중 제일 별나고 나와 먼 역할이야. 잘린 나뭇가지가 보는 세계는 생각한 적도 없었어."

"조금 전까지 혼자 연습했었어?"

"아까 내 옆을 지나갔잖아. 무시하지 않아도 되는데."

대화가 잘 통하지 않는다. 삐진 듯 입술을 삐죽이는 이쿠토는 바지 주머니에서 하얀 장갑을 꺼내 두 손에 끼웠다. 비단으로 만들었을까? 재질에 광택과 탄력이 있었다. 거기에 같은 재질의 양말을 신고 거실로 돌아갔다. 그가 향한 곳에는 아까 본 유리 화분이 있었다. 안이 텅 빈 깊은 화분은 블라인드 틈으로 들어온 햇빛을 받아 시원한 청록색으로 반짝였다.

"어, 여기 있었던 꽃은?"

이쿠토는 아무 말 없이 커다란 유리 화분 내부로 기

어들어 갔다. 누워서 팔다리를 하늘하늘 띄우더니, 하얗게 감싼 손과 발을 오므리고 요염한 꽃부리를 만들었다. 마지막으로 머리에 하얀 수건을 덮고 화분 가장자리에 기대자, 이 역시 한 송이 꽃이 되었다.

"세상에."

눈앞에 있는 것은 틀림없이 화분 속에 갑갑하게 접힌 남편의 육체다. 그런데 의식 한쪽에 왕성하게 자란 하얀 꽃의 이미지가 남았다. 생생하고 상쾌한 향기까지 느껴졌다.

꽃부리 모양을 한 남편의 오른손 중지가 내 한숨에 팔랑 흔들렸다.

잘 웃는 사람이었다. 사람과의 거리를 적절하게 가늠해서 거북할 정도로 가까워지는 일도, 관계가 끊어질 정도로 멀어지는 일도 없이 동아리의 누구와도 원만한 관계를 맺었다. 눈치가 빨라 부족한 부분을 슬쩍 도와주곤 해서 윗사람에게서도 아랫사람에게서도 신뢰받았다. 생김새는 산뜻해서 호불호가 갈리지 않고 팔다리가 길다. 손톱 끝까지 의식하는 세심하고 매력적인 연기를 한다. 후배들 중에 팬이 많았는데, 그가 속한 연극 동아리가 자주 연습하던 8호관 빈 강의실에서 이름을 따와, 그를 '8호관의 프린스'라 불렀다.

그래서 대학교 이학년, 동아리 각본을 담당하는 네즈 씨의 제안으로 회식 자리에 가서 처음으로 얼굴을 봤을 때는 '아하, 이 사람이 소문의 프린스군' 하는 맥 빠진 감상만 품었다. 내가 인사하자, 이쿠토는 아름답게 입술 끝을 올리고 손가락을 가지런히 모은 손을 내밀었다.

"잘 부탁해요. 리쿠 씨가, 아, 미안해요. 소라모토 씨가 다음 각본을 도와주시기로 했죠."

"리쿠라고 부르셔도 돼요. 친구들도 그렇게 부르니까요."

리쿠는 내가 신인 문학상에 소설을 응모했을 때 쓴 필명이다. 네즈 씨가 명랑한 목소리로 대화를 이끌었다.

"리쿠는 대단해. 얼마 전에는 응모한 작품이 최종 후보까지 올라서 출판사 시상식에도 초대받았거든."

"어, 수상했어요?"

"아니요. 최종에서 떨어졌는데 업계를 알 좋은 기회라면서 만년사 편집자가 초대해 주셔서요."

"만년사."

중얼거리는 이쿠토의 눈이 커졌다. 아주 짧은 순간이

었지만, 단정한 마네킹이 인간이라도 된 듯 그의 표정에 생생한 흔들림이 보였다. 신기했다. 이 연극 동아리는 멤버가 많고 역사도 길어서 대기업에 취직한 선배들이 많았다. 만년사도 절대 무시할 수 없는 출판사이지만, 일부러 되새길 정도로 특별한 회사는 아니었다. 그래서 물어보았다.

"아는 사람이라도 있어요?"

"아니요, 그런 건 아닙니다."

이쿠토는 금방 평소의 '프린스' 얼굴로 돌아와 미소 지었다. 네즈 씨가 다른 선배에게 불려 가 자리를 뜬 후에도 우리는 연한 추하이를 마시며 대화를 이어갔다. 동갑인 데다 학과는 달라도 둘 다 문학부여서 공통점이 많아 대화하기 편했다.

"소라모토 씨인데 필명은 리쿠[소라모토(空本)에는 하늘이 들어가고 리쿠(陸)는 육지라는 뜻이다]네요?"

"흔들흔들하는 게 싫어서요. 하늘보다 육지가 단단하게 밟는 느낌이 있어서 좋아요."

"오오, 강해 보여요. 작품 성향도 그런 느낌인가요?"

"음, 그럴지도요. 씹으면 흙이나 철 맛이 나는 작품을 좋아해요."

매그놀리아 남편

"그럼 리쿠 씨가 도와주는 가을 축제 연극에서 우리는 흙이나 철 맛이 나는 세계로 들어가는 거네요."

"글쎄요? 그런 것만 쓸 수 있는 건 아니니까 네즈 씨나 와타리 씨와 상의할게요. 또 배우 분들을 보고 캐릭터를 생각하면 좋겠다는 말도 들었으니까요."

"오, 대단하다. 나는 어떤 역이 어울릴 것 같아요?"

답을 어느 정도 예측하는 듯 여유가 느껴지는 질문이었다. 나는 손에 든 자몽 추하이 잔을 내려놓고 새삼스레 이쿠토를 봤다. 각본 보조 제안을 받아들인 것은 낙선한 내 작품을 놓고 '인물 묘사가 얄팍하고 존재감이 흐리다'라는 심사평이 있었기 때문이다. 지금까지는 혼자 묵묵히 글만 써왔던 터라, 많은 사람이 섞인 동아리에서 묘사할 수 있는 인간의 폭을 넓히고 싶었다.

몸의 방향을 바꿔 이쿠토를 정면으로 마주하고 관찰했다. 빈틈없다는 인상이 먼저 떠올랐다. 복장은 차분한 색감에 유행을 따르지 않는 클래식하고 기본적인 스타일. 성실해 보이고 눈에 힘이 있다. 자기 자신에게 자신감이 없진 않나 보다. 다만 어딘가 반걸음 물러나 항상 방어 태세를 갖춘 것처럼 온몸에서 어떤 긴장감이 느껴졌다. 확신했다. 이 사람은 항상 경계하고 있다. 불온함

한 줄기가 겁지 끝에서 가느다란 연기처럼 올라갔다.

"……음, 물건을 있는 힘껏 바닥에 던지고, 소리 지르고, 발을 구르며, 미친 듯이 분노하는 악당 역을 하면 좋겠어요."

이쿠토는 또 눈을 크게 뜨고 갑자기 푸하하 웃음을 터뜨리더니, 주변 사람들이 돌아볼 정도로 크게 웃었다.

이쿠토가 존재의 심연에 숨겨 둔 비밀 이야기를 알려 준 것은, 처음 만나고 일 년이 지난 대학교 삼학년 여름 합숙의 마지막 날이었다. 이미 두 번의 공연에서 각본 제작에 참여했던 나는 합숙에 얼굴을 내밀 정도로 동아리와 인연이 깊어져 있었다. 대학 가을 축제 공연을 앞두고 아침부터 밤까지 강도 센 연습을 열흘 내내 지속한 동아리 멤버들은 마지막 날 밤만은 흥에 겨워 마음껏 술을 마셨다.

긴 탁자 끝에는 텅 빈 소주와 위스키 병이 즐비했고, 넓은 방 가득 술과 감자칩과 진미채의 끈적끈적하고 묵직하고 미지근한 냄새가 충만했다. 완전히 초점 나간 눈으로 끝없이 연극론을 늘어놓는 사람, 일찌감치 만취해서 구석에서 자는 사람, 끝날 줄 모르는 연애 이야기를

매그놀리아 남편

하는 사람, 느닷없이 빈 방에서 연습을 시작하는 사람, 지리멸렬한 소리를 늘어놓으며 복도에 누워 휴대용 게임기로 게임을 하는 사람, 어딘가로 사라진 커플, 주정뱅이들에 질려 자판기에 아이스크림을 사러 간 미성년자 일학년들. 모두가 다양하게 흩어져 있는 와중에 위스키를 잔뜩 마신 나와 이쿠토는 방의 빈 벽장 아래쪽에 파고들어 무릎을 안고 앉아 대화를 나눴다. 이쿠토가 먼저 숨어든 곳이었고 내가 나중에 우연히 들어온 곳이었다. 그곳에 있으면 매우 마음이 놓였다. 반쯤 열린 장지문으로 방의 불빛이 들어와 적당히 어둡고 적당히 밝은 것이, 꼭 비밀기지 같았다.

"숨겨진 아이."

지금 막 들은 단어가 내 일상에서 너무도 먼 탓에 순간 의미를 파악하지 못했다. 숨겨진 아이. 숨겨졌다고? 숨겨졌어?

"어딘가에 갇혀서 자랐다는 뜻이야?"

"아니야. 만취하셨네요?"

자기도 얼굴이 시뻘건 주제에 이쿠토는 웃으며 내 뺨을 손바닥으로 건드렸다. 거리가 가깝다.

"작곡가 히요시 겐마? 세계의 히요시? 거짓말, 우리

집에 콘서트 앨범 있어."

"후후."

"〈백합꽃에서 물방울이 떨어지다〉를 작곡한 사람이
지? 나도 알아. 그 사람이 쓰는 곡, 참 예쁘지."

"평생 부자 관계임을 밝히지 않고, 다시는 만나지 않
으며, 친부가 누구인지 숨기는 조건으로 위자료를 받았
대. 그 돈으로 엄마는 자기 가게를 차렸고. 주먹밥이랑
돼지고기된장국을 파는 가게인데, 고향에서는 제법 장
사가 잘돼."

이쿠토는 단순한 잡담처럼 말하고 술을 깨려는 듯 탄
산수를 마셨다. 내 얼굴을 보고 풀어지는 듯한 미소를
짓더니 자기 입에 검지를 댔다.

"비밀이야. 소문이 나서 엄마가 곤란한 건 싫으니까."

"비밀인데 왜 말했어?"

"왜일까."

이쿠토는 세운 무릎에 상반신을 무겁게 기대고 움직
이지 않았다. 취한 인간 특유의 둔한 움직임이다. 나도
이제 슬슬 취기가 올라 괴로워져서, 일단 벽장에서 나와
탁자에서 레몬스쿼시 병을 집어 들었다. 다시 이쿠토 옆
에 앉아 홀짝홀짝 마셨다. 취해서 눈 주변이 시뻘건 이

쿠토가 나를 보고 한쪽 손을 살짝 들었다가 그만두었다.
그 몸짓이 손을 잡고 싶어 하는 것처럼 보여서 그의 손
에 신중히 내 손을 겹쳤다.

"히요시 겐마와 만나고 싶어?"

"아니 딱히?"

이쿠토가 즉각 대답했다. 너무 빨라서 마치 조건반사
인 듯한 대답이었다.

"그보다 못 만나지. 공표하면 안 되니까."

"그런가."

"아내가 거물 배우 오쿠노 유리이고 딸 둘은 바이올
리니스트. 부녀가 무도관에서 콘서트도 해. 거기에 내가
뻔뻔하게 나서서 어쩌려고. 다 망치잖아."

"그걸로 망친다고 해서 꼭 란도 씨 탓은 아니라고 생
각하는데."

"애초에 내가 아니어도 평범한 사람은 히요시와 못
만나."

"그건 그러네."

"그렇게 생각했는데."

"응?"

이쿠토는 세운 무릎에 이마를 꾹꾹 누르고 한숨을 쉬

었다.

"그 사람, 만년사에서 에세이를 연재해. 리쿠 씨한테 연락했던 편집자가 그 담당자일지는 모르겠지만……, 어쩌면 리쿠 씨가 간 이벤트장 어딘가에 그 사람과 일하는 편집자도 있었을지 몰라. 그렇게 생각했더니 혼란스러웠어."

"아하."

지인의 지인의 지인 정도까지 관계를 거치면 어지간한 인간과는 닿을지도 모르겠다고 막연히 생각했다. 그래도 이쿠토가 무슨 말을 하고 싶은지 잘 모르겠다.

"만년사에 취직한다거나?"

"아니, 설마. 설령 그런 방법으로 만나도 담당이 바뀌면 끝이잖아? 그런 게 아니라."

"응."

"……그런 게 아니라."

입 안쪽에서 소리를 굴리듯 중얼거리더니 이쿠토가 말을 그만두었다. 나도 그 이상 묻지 않고 레몬스쿼시를 마셨다. 동아리 리더가 술자리의 끝을 알릴 때까지 우리는 계속 손을 잡고 있었다.

몇 달 뒤, 이쿠토는 몇 군데 기업에서 합격 통보를 받았으나 고민 끝에 거절하고, 친구가 세운 커피 원두 도매 회사의 일을 돕기로 했다. 대학을 졸업한 후에는 연극 동아리와 인연 있는 극단의 오디션을 봐 단원이 되었다.

그때 우리는 이미 사귀고 있었지만, 이쿠토가 말했던 '그런 게 아니라'에 이어지는 말은 결국 설명을 듣지 못했다.

나는 대학 사학년 때 작가로 데뷔했고, 이 년쯤 회사 생활을 하다가 전업 작가가 되었다. 각자 업무 리듬이 잡힌 이십 대 중반, 왠지 모르게 계속 함께할 것 같은 예감이 들었다. 이쿠토에게도 물었더니 나도 그렇게 생각해, 라고 대답해서 그대로 별다른 극적인 결단도 없이 결혼했다.

결혼 피로연은 하지 않았다. 결혼식 이외에 사진 촬영만 하고 친척을 초대해 조촐한 식사를 했다. 이쿠토의 어머니는 화사한 봉황무늬가 새겨진 검은 기모노를 입고 왔다. 체구는 통통하고 뺨 주변에서 여름꽃 같은 밝은 기운이 느껴지는 발랄한 분이었는데, 이분이 '세계의 히요시'와 교제했었다고 생각하니 묘하게 생경했다. 그

분은 일찍 남편을 여의고 여자 손 하나로 키운 아들이 훌륭하게 성장해서 기쁘다고 내 친척 앞에서 유창하게 과거를 말했고, 이쿠토도 옆에서 차분하게 고개를 끄덕였다.

사회인이 되고도 이쿠토의 분위기는 달라지지 않았다. 빈틈없고 차분하며 사교성이 뛰어났다. 창립 멤버 중 접객과 직원 교육을 제일 잘한다는 이유로 회사의 직영 카페 운영을 맡았다. 그러나 배우로서는 좀처럼 두각을 나타내지 못했다. 열의는 있다. 재량권이 큰 업무라는 점을 활용해 시간을 잘 조절하며 연습에 최선을 다했다. 그러나 공연에서 이름 있는 역할을 맡는 경우는 드물었고, 등장 장면도 너무 짧았다. '8호관 프린스'는 졸업하고 보니 '회사원 A'나 '점원 B'일 뿐이었다.

반대로 나는 운과 환경이 따라 준 덕분에, 데뷔하고 몇 년 지나지 않아 신인 작가 대상의 문학상을 받아 순조롭게 작가로서 경력을 쌓았다.

결혼 후 사 년이 지나, 내가 두 번째로 문학상을 받은 밤, 축하 와인을 따라 주며 이쿠토가 이런 소리를 했다.

"리쿠가 먼저 내 아버지와 만날 것 같네."

순간 남편이 무슨 말을 하는지 이해하지 못했다. 내가

매그놀리아 남편

'세계의 히요시'와? 만나서 뭐 어쩌라고? 그야 나는 히요시의 작품을 알고는 있지만, 팬은 아니다. 만나고 싶다고 요청도 하지 않았으니 일로 엮일 리도 없다.

"만날 일 없을걸."

"그래?"

"응."

"뭐, 만나지 않아도 당신 작품이 영상화되어서 그 사람이 곡을 제공한다거나, 그렇게 업무적으로 접점이 생길지도 모르잖아? 지금도 때때로 광고나 영화 음악 작업을 하는 것 같으니까 불가능한 이야기는 아니지?"

시선을 내리고 살짝 웃는 남편을 보며 생각했다. 내가 과거에 묻지 못한 것, 혹은 내가 의도하지 않았는데 트리거가 된 것은 생각보다 크고 돌이키지 못하는 것일지도 모른다고.

"나랑 히요시가 접점이 생기면 좋겠어?"

"아니, 별로."

"내가 그 사람과 만나도 의미 없잖아."

"그렇지."

따라 준 와인에 입을 댔다. 마음이 뒤숭숭해서 제대로 맛을 느끼지 못하겠다. 이쿠토도 자리에 앉아 와인잔을 기울였다. 시치미를 뗀 표정이다.

'리쿠가 먼저'라는 말투에서 이쿠토의 속내가 투명하게 읽혔다. 언젠가 본인이 아버지와 대등하게 만나는 것, 아마도 대체 불가능하게 성공한 예술적 표현자가 되어 일로 만나는 것을 목표로 삼아 왔음이 분명했다.

순수하게 자기표현에 파고들고 싶어서가 아니라 냉담한 아버지에게 인정받기 위한 예술 활동? 그렇게 딴 데정신을 판 활동이 정말로 열매를 맺을 수 있을까. 취업준비를 했을 때부터 그런 생각을 했었을까.

새삼 닫힌 사람이라고 생각했다. 생각하는 바와 바라는 바를 전부 내면에 집어넣는다. 그러다 어느 시점에서파탄이 날 것 같은데, 어중간하게 능력이 있으니까 그걸감추고 일상을 유지한다.

"커피."

"응?"

"당신 커피 회사, 평판 좋잖아. 내년에는 가마쿠라에도 지점을 내지?"

"응, 마음 써 준 덕분에."

"히요시도 어딘가에서 마셨을지 몰라. 그런 생각은 안해 봤어?"

이쿠토는 왜 그런 소리를 하는지 모르겠다는 듯 의아한 표정으로 고개를 기울였다.

"예전에 커피와 음악을 주제로 한 잡지 특집에서 그 사람, 국산 커피를 즐겨 마신다고 한 걸 읽은 적 있어. 우리 회사는 리더가 유학 중에 인연을 맺은 케냐 커피 농장의 원두를 주로 취급하니까 아마 그 사람이 즐겨 마실 일은 별로 없지 않을까."

"그렇구나……."

세계적인 히요시치고는 취향이 편협한가 보다. '세계의' 같은 수식어도 붙으니까 케냐 커피도 마시면 될 텐데. 다만 생각해 보니 그가 '세계의'라고 불리게 된 이유는 미국 영화제에서 작곡상을 받았기 때문이니 본인은 아프리카 대륙과는 아무 관계도 없다. 미국에서 평가받으면 바로 '세계의'를 붙이는 일본 방송국이 경솔한 건지도 모른다.

"반드시 히요시에게 닿아야겠어? 연극이라는 행위 자체로 당신이 행복을 느끼기는 어려워?"

이번에 이쿠토는 명확하게 얼굴을 찌푸렸다. 검지 손톱으로 두 번 똑똑 테이블을 두드리고 괴로운 듯 입을 열었다.

"리쿠, 바라는 평가를 얻지 못해 괴로워하며 활동하는 동업자에게도 똑같이 물어볼 수 있어? 평가받지 못해도, 그 일을 하기만 해도 행복을 느끼지 않느냐고."

"필요하다면 물어볼 것 같아."

"그래, 강하구나."

이쿠토가 미간에 주름을 잡고 눈을 감았다. 더는 말하지 않으려나 싶어 나는 와인 안주로 준비한, 카카오 함유량 높은 초콜릿을 조금 먹었다. 몇 분 뒤, 이쿠토가 연극은 좋아한다고 조용한 목소리로 말했다.

"특히 무대 위에 선 동안, 평소의 나와 전혀 다른 생각을 하고 전혀 다른 인생을 사는 느낌이 좋아."

그건 내가 겪어 보지 못한 인생의 기쁨이다. 다른 인생을 산다는 발상 자체가 내게는 없었다. 상상해 보려 했지만 상상조차 하지 못한, 어떤 풍성함이 느껴져서 미소가 번졌다. 좋다, 하고 맞장구를 치자 이쿠토가 어깨를 으쓱이고 와인을 마셨다.

둘이서 와인 한 병을 다 비웠다. 손끝까지 빨개진 이쿠토의 손이 멋져서 올록볼록한 손등을 쓰다듬다 보니 분위기가 무르익었다. 소파로 이동해 키스하며 옷을 벗었다. 이쿠토의 앞머리를 쓸어 넘겼다. 오른쪽 헤어라인에 작게 세 개, 오리온자리 세 개의 별처럼 난 점이 좋다. 그곳에도 입술을 댔다.

평소보다 체온이 올라가 예쁜 복숭아색이 된 이쿠토의 손가락을 물었다. 손톱과 피부 사이에 조금 전까지 그가 쥐었던 캐슈너트의 짠맛이 배어 맛있었다. 다른 손이 내 다리 사이를 만지작거리자 점점 젖어 들었다. 배와 배 사이에 불쑥 고개를 내민 검붉은 성기에 콘돔을 씌우고, 녹아든 구멍 안쪽 깊은 곳까지 밀어 넣었다. 배한참 아래쪽에서 작은 공이 통통 튀는 것 같아서 기분 좋다. 이쿠토와 하는 섹스는 좋다. 섹스뿐 아니라 대화나 침묵, 손을 잡는 것, 다양한 욕구의 리듬이 잘 맞는 것 같다. 어두운 벽장에서 처음 손을 잡았을 때, 두근거림보다는 마치 내 손에 꼭 맞는 조각을 찾은 듯한 안도감을 느꼈던 것처럼.

끝난 후, 같이 목욕했다. 각자 몸을 닦고 욕조에 들어갔다. 나는 욕조 가장자리에 앉은 이쿠토의 허벅지에 머리를 기댔다.

"리쿠, 왜 나하고 사귈 마음이 들었어?"

성기로 이어지는 엷은 체모의 흐름을 바라보며 대답했다.

"이쿠토는 학생일 때부터 주변을 많이 경계하고 몸 안쪽에 힘을 잔뜩 넣고 있는 느낌이었어. 터질 것 같은데 터지지 않고 견디는 느낌. 그런데 친해지고 나니까 그 긴장이 사르르 풀리면서 속마음을 보여줬잖아. 비밀을 말해 줄 때의 네 얼굴이 참 부드러웠어. 원래는 이런 사람이구나 싶어서…… 꼭 꽃이 핀 것처럼 보여서 좋았어."

이십 대가 끝날 무렵, 와인 취기가 남은 나는 분명 그렇게 말했다. 그때 이쿠토가 어떤 표정이었는지 기억하지 못한다. 복부에 난 털만 보고 있었다.

"나도 하나 묻고 싶어."

"뭔데?"

"아버지를 왜 그렇게 좋아해? 자기 가정이 있으면서 호스티스였던 어머니와 딴살림을 차리고, 자식이 생기자마자 도망치려고 했던 너무한 사람이잖아? 만나고 싶은 게 아니라 증오하는 게 맞지 않아?"

머리 위에서 작게 웃음소리가 들렸다.

"누구나 다 리쿠처럼 정론으로 판단하는 게 아니니까. 그러고 보니 오늘 발표에서도 심사위원이 따끔하게 지적했지. 대담한 이야기의 물결에 압도되어 이 작품을 수

상작으로 결정했으나, 개선점을 꼽는다면 인물 묘사가
무대 배경처럼 단조롭다고."

"미안하게 됐네요."

"증오했던 시기도 물론 있어. 그래도 중학생 때였나,
엄마에게 그 사람 이야기를 들은 후부터 곡을 찾아 듣
기 시작했어. 유명한 것부터 그렇지 않은 것까지. 왠지
알고 싶었거든. 내 안에 어떤 인간의 피가 절반 들어 있
는지. 그리고 다음 주말에 외출했는데, 소름이 끼쳤어.
거리 곳곳에서 그 사람의 곡이 들렸어. 카페, 서점, 전자
제품 판매점, 백화점, 온갖 곳에서 BGM으로 쓰더라. 어
딜 가도 그의 존재를 느꼈지. 그런데 나는, 빌어먹게 큰
비밀을 지켜야 해. 내가 아들이라고 아무에게도 말할 수
없어. 거리 전체가 내 존재를 부정하는 것 같아서……."

나는, 사실은 태어나지 않은 것 아닐까, 이상한 기분
이 들었어.

마지막 중얼거림은 귀 옆에서 들렸다. 나도 모르게 물
방울이 맺힌 몸으로 이쿠토를 덮치듯이 끌어안았다. 나
의 남편, 내가 지켜야 할 그의 몸.

그로부터 십 년이 지나, 지금 나는 무대 위에서 목련

꽃으로 살아가는 남편의 모습을 보고 있다. 주위 연기자들의 움직임에 맞춰 하얀 꽃이 섬세하게 흔들린다. 생명의 인광을 두른, 갓 베인 생화.

오로지 그렇게 보였다.

"그 꽃, 움직였지?"

"어, 사람이 연기한 거잖아?"

"그럴 리가 있겠어. 진짜 꽃이지. 바람으로 움직인 거 아니야?"

"계속 보게 되더라."

"조화 아닌가? 기계로 움직이는 거."

"왠지 기괴했지."

공연이 끝나자 가까운 자리에 앉은 사람들이 입을 모아 남편이 연기한 목련을 이야기했다. 평소에는 티켓이 남아돌아 고생이었는데, SNS로 입소문이 퍼져서 둘째 날 밤에는 마지막 공연까지 입석을 포함해 티켓이 매진되었다.

"축하해! 대성공이네."

집에 온 이쿠토를 있는 힘껏 끌어안았다. 역할에 몰입하기 위해 향수를 뿌렸나 보다. 그의 목덜미에서 시원하고 달콤한 향이 물씬 풍겼다. 이쿠토는 웃으며 내 몸에

팔을 두르더니 고마워, 하고 뺨을 비비며 대답했다.

"티켓 매진도 대단하다."

"응. 이런 적 없었으니까 기뻐."

그래도 말이야, 하고 중얼거리며 이쿠토가 몇 번인가 눈을 깜박이고 입을 다물었다.

"왜 그래?"

"응……, 좀 더 잘할 수 있었을 것 같아서. 부족했던 면이 막연하게 느껴져서 신경 쓰여. 내일은 더 꽃처럼 보일 수 있을 거야."

"기대할게."

"고마워. 당신이 연기를 칭찬해 주니까 기쁘다. 꽃으로 사는 것도 즐거워. 지금 굉장히 행복해."

매번 티켓이 팔리지 않아 힘들어하는 걸 알기에, 나는 이쿠토가 속한 극단의 공연은 첫날부터 마지막 날까지 전부 티켓을 한 장씩 사 두곤 했다. 평소에는 친구나 연극을 좋아하는 편집자에게 며칠 분의 티켓을 양도했지만, 이번 공연은 틀림없이 남편의 기념비적인 작품이 될 것이다. 나는 일을 조정해 칠 일간 전 공연을 매일 보러 가기로 했다.

남편은 달이 차오르는 듯 매일 진짜 꽃에 가까워졌다.

들어 올린 손발의 각도, 다른 연기자가 활극을 벌이는 동안에 꽃잎의 산들거림, 호흡하고 신진대사를 하며 조금씩 존재감을 펼치려 하는 생물의 욕구가 빛의 막이 되어 평범한 유리 화분을 뒤덮었다.

마지막 공연 하루 전날, 극장에서 나오는데 누가 뒤에서 어깨를 건드렸다.

"리쿠 씨, 안녕하세요."

웃으며 인사를 건넨 사람은 만년사에서 문예지 편집을 맡은 하야미 씨였다. 삼 년 전부터 나를 담당하는 동년배 남성으로, 옅은 남색 봄 니트에 시원해 보이는 은 체인 목걸이를 했다.

"어머, 오셨어요?"

"SNS에서 이 공연 평판을 봐서요, 연기자가 리쿠 씨 남편 분인 걸 알고 바로 샀죠."

"고맙습니다. 봐 주시다니 기뻐요."

"리쿠 씨, 저녁은 드셨나요?"

"아직이에요."

"괜찮으시면 같이 어떠세요?"

하야미 씨가 호방하게 웃었다. 청탁한 신작 원고의 진행 상황을 확인할 생각이겠지. 플롯이 완벽하게 백지만 무난히 진행 중이라는 분위기를 풍겨야 한다. 잡담에서 소설에 쓸 만한 힌트를 얻을지도 모르고. 나는 생긋 웃어 보였다.

식당은 극장 근처의 캐주얼한 이탈리안 레스토랑이었다. 버섯과 유채, 멸치가 올라간 계절 추천 피자와 마르게리타를 주문하고 화이트 와인을 곁들였다. 화제는 자연히 지금 보고 온 연극으로 흘러갔다.

"란도 씨, 대단하셨어요. 마치 진짜 목련 가지가 놓인 것 같은 존재감이었어요. 얼마나 요염한지 넋을 잃고 봤어요."

"그렇게 말씀해 주셔서 기뻐요. 남편한테 전할게요. 첫 공연부터 이미 놀랄 만큼 꽃 같았는데 점점 진짜 같아져요. 매일 밤 집에 와서 연기를 조금씩 수정하거든요. 남편 안에서 어떤 완벽함을 그리고 있는 것 같아요."

"그거 대단한데요. 마지막 공연 티켓도 확보해 둘 걸 그랬어요."

"……너무 리얼해서 조금 무서울 정도예요."

넌지시 말하며 나는 검지로 아랫입술을 눌렀다. 편집자를 대할 때는 이야기의 힌트를 찾기 위해 평소라면 흘려 넘겼을 희미한 감각도 최대한 말로 하려고 한다. 나는 그때 처음으로 내가 이쿠토의 연기에 공포심을 품은 것을 알아차렸다. 하야미 씨는 잠깐 입을 다물더니 신중한 목소리로 말했다.

"그래도 문예 세계에서 '무섭다'는 건 칭찬하는 말이죠?"

"그렇죠."

어쩌면 나는 마음속 어딘가에서 표현자로서 이쿠토를 무시했던 걸까. 그런 심리가 뒤집히면서 기쁘기보다 먼저 겁이 난다거나? 만약 그렇다면 너무하다. 반성해야 한다.

그러나 내가 반성하는 정도로 해결될 문제일까. 최근 이쿠토와 백목련의 인상이 너무 겹친 탓인지 그가 떠난 침실에서도 은은하게 꽃향기를 느낀다. 내 뇌가 미쳤다. 아니, 내 뇌만이 아니라 수많은 관객의 뇌를 미치게 한다. 그건, 뭐지?

하야미 씨가 으으음, 하는 소리를 내고 천장을 보면서 생각에 잠겼다. 십 초쯤 지나서야 천천히 내게 시선을 주었다.

"어디까지나 제 감각입니다만…… 란도 씨의 목련을 보고 있으면…… 그래요, 그런 기분이 들어요. 아주 잘 쓴 소설에서 '아, 이 한 문장에는 뭔가가 내려왔구나'라

매그놀리아 남편

고 느끼는 순간 말이죠. 반짝이고, 수많은 사람에게 읽혀 세상에 남겠구나, 그리고 내 내면에도 깊은 손톱자국을 남기겠구나…… 하고 본능적으로 이해하며 전율하는 느낌. 너무도 특별한 것과 마주했다는 기쁨이죠."

"뭔가가 내려왔다."

하야미 씨의 말을 반복했다. 곱씹어 보니 분명 이해되는 감각이었다.

"그럼 같은 표현자로서 저는 축복해야겠어요. 두려워할 때가 아니네요."

나는 몇 번쯤 고개를 끄덕이고 망설임을 채소 피자와 함께 삼켰다.

테이블 한쪽에 놓인 하야미 씨의 스마트폰 화면이 반짝였다. 메시지가 왔나 보다. 힐끔 시선을 준 하야미 씨가 평소 미팅 중에는 전화를 확인하지 않는데 엇, 하고 소리를 내며 급히 손을 뻗었다.

"죄송합니다, 잠깐."

"급한 건이에요? 보세요, 보세요."

스마트폰을 든 하야미 씨 얼굴이 심각해졌다. 마지막에는 으아악, 하고 나직하게 비명을 지르며 탁자 위에 엎드렸다.

"무슨 일이에요?"

"……실은 지금 어떤 작곡가와 부인의 부부 생활 사십 주년을 기념한 대담집을 작업 중인데요……, 세상에 그 작곡가가 열일곱 살 연하인 여성 아로마 테라피스트와 불륜을 저질렀다는 기사가 다음 주 발행되는 주간지에 실린다고……."

만년사와 인연 있는 작곡가에 배우자도 대담 상대로 부를 정도로 유명한 인물이라면…… 곧바로 한 명의 이름이 떠올랐다.

"저기 혹시 그 사람, 히요시 겐마인가요?"

"으음, 뭐, 곧 알게 될 얘기니까요. 맞아요, 히요시 씨입니다."

심장이 탕, 예리하게 튀었다. 히요시 겐마. 요 십 년 동안 이쿠토가 언급하지 않아서 우리 부부의 대화에서 완전히 사라진 이름이었다.

"그건…… 안타까운 일이네요."

"정말로요. 복귀하면 긴급회의예요."

"그렇구나, 하야미 씨가 히요시 씨를 담당하셨군요……. 저기, 한 가지 묻고 싶은 게 있는데요."

"네, 뭐죠?"

"히요시 씨⋯⋯는 어떤 사람인가요? 부인인 오쿠노 씨도 대단히 아름다운 분이잖아요. 배우로서 훌륭한 경력을 쌓고 있고. 재능이 있고 인품도 있는 사람이란 걸 텔레비전 너머로도 알겠더라고요. 그런 훌륭한 배우자가 있는데 왜 불륜을 저지르는지 이해가 안 돼서요."

"사람이, 왜, 불륜을, 하는가."

하야미 씨가 한 마디 한 마디를 곱씹듯이 되풀이하고 쓴웃음을 지었다.

"음, 철학적인 질문이네요."

"멀쩡한 어른이 불륜이라뇨. 그렇게 사귀고 싶다면 깔끔하게 이혼하고 당당하게 사귀면 될 텐데. 주변에 폐만 끼치는 거잖아요."

"리쿠 씨는 유연한데 때때로 외골수 같은 면이 있어요. 인간에게 확고한 일관성과 명확함을 요구해요. 리쿠 씨 본인이 내면에 모순을 쌓아두지 않는 분일 테고, 그 점이 작품의 상쾌함과 연결되어 독자를 기쁘게 한다고 봐요."

"지금 에둘러서 바보라고 한 거죠?"

"무슨 말씀을. 굳이 표현하면 잔혹함의 일종이라고 생각합니다."

"잔혹함요?"

"작가로서 무기가 될 자질이라고 봐요. 저는 잔혹함을 지닌 작품, 날카로운 칼끝이 정말 좋아요. 그래도 음, 히요시 씨는……."

역시 문예 편집을 십 년 넘게 한 만큼 말로 사람을 현혹하는 재주가 좋다. 나는 떨떠름한 심정이 되어 이어질 말을 기다렸다.

"일반적으로 사람이 왜 불륜을 저지르는지는 모르겠지만 히요시 씨는 단순하게 아름다운 존재를 좋아해서 그럴 거예요."

"미인이면 바로 손을 댄다는 뜻인가요?"

"단순히 그런 게 아니라 본인의 창작과도 연결된다는 점에서 질이 좀 나빠요. 아름다운 사람이나 사물과 만나고 거기에서 영감을 받아 작품을 만드니까요. 대표곡인 〈백합꽃에서 물방울이 떨어지다〉도 오쿠노 유리(일본어로 '백합'이라는 뜻을 갖고 있다) 씨가 모티브고요. 아, 이번 대담집 제목이 《백합을 안고 또 떨어지다》였어요. 분명 꽤 팔렸을 텐데."

힘이 빠진 듯 어깨를 늘어뜨린 하야미 씨는 스마트폰을 터치해 파일을 열고, 화면을 내려 확인하며 말을 이

매그놀리아 남편

었다.

"아마 교정본에도…… 아아, 이거다. '나는 나를 압도하고 공포를 느끼게 하는 대상을 늘 갈구한다. 홋카이도의 설원은 내가 유리에게 품었던 경외심과 닮은 감각을 자극했다' 이 인터뷰를 하고 얼마 후에 드라마 주제가 〈이터널 스노우(eternal snow)〉를 발표했어요. 아름다운 것이 왜 아름다운지 해체해서 곡으로 뽑아낸다는 말도 했고요."

"……그럼 그 아로마 테라피스트가 그만큼 아름다웠다는 걸까요?"

"그 사람 이야기를 들은 적이 있는데…… 히요시 씨가 불면증 때문에 개인적으로 의뢰했던 사람일 거예요. 아로마와 핸드 마사지를 조합해 시술하는 분으로, 훌륭하고 실력이 좋다더군요. 시술을 받을 때마다 마치 요정 세계에 끌려가는 심정으로 잠든다고 했어요. 그러니 용모의 아름다움보다 그 여성이 제공하는 세계가 아름다웠을지도 몰라요. 히요시 씨가 업무에 관해서도 상의한다고 해서 저는 당연히 딸처럼 여기고 대하는 줄 알았는데…… 아이고."

"전혀 모르겠네요……. 아름다운 것에서 영감을 받는

건 알겠는데 거기에서 연애 관계로 발전할 필요가 있나요? 설원과는 섹스하지 않으면서."

"경외심이라는 게 때로는 사랑이나 성욕과 뒤섞이기도 하니까요. 오작동처럼."

"오작동……."

사실은 태어나지 않은 것 아닐까.

담담하게 말하던 이쿠토의 목소리가 귓가에 되살아났다. 오작동 때문에 그런 생각을 해야 한다니 너무한 소리다.

"그래도 오작동이건 뭐건 히요시 씨에게는 뭔가가 내려오니까요. 괴물이에요. 〈백합꽃에서 물방울이 떨어지다〉, 이번 대담집을 편집하며 수없이 반복해서 들었는데 역시 아름다웠어요."

"내려오는 게 과연 뭘까요."

"으음, 인간의 윤리나 도덕, 사회규범에 별로 집착하지 않는 점은 확실하겠어요."

시원시원하게 말하고 하야미 씨가 와인을 마셨다.

집에 돌아와 보니 이쿠토는 이미 자고 있었다. 편집자와 만난 김에 미팅하고 돌아가겠다고 미리 연락해 두길 잘했다. 자고 있어서 다행이었다. 마지막 공연을 앞두고 고도로 집중하고 있는 그에게 오늘 들은 이야기를 들려주고 싶지 않았다. 공연이 마무리되고 전부 차분해졌을 때, 우리와 전혀 상관없는 가십거리처럼 말해야지.

마지막 공연 날, 나는 낮부터 공연장으로 가는 이쿠토를 현관에서 배웅했다.

"잘 다녀와. 힘내고. 나중에 나도 갈게."

"다녀올게."

서로 팔을 내밀어 포옹했다. 샤워를 막 마쳤고 향수를 뿌린 것 같지도 않은데 이쿠토의 몸에서 좋은 향기가 났다. 괜찮다, 이러면 된다. 그게 신이든 마물이든 상관없으니 얼마든지 그 몸에 내려오면 된다. 당신은 평생 그걸 기다렸으니까. 허리가 휘어질 정도로 강하게 그의 몸을 안고 놓아주었다.

날이 저물어, 관객이 밀려든 어두운 공간에 꽃이 피었다. 거기 있는 육체에, 유리 화분에, 정체 모를 축복이 쏟아진다. 채워졌다. 채워지고 말았다. 사람의 눈은 어째서 만월을 구분할 수 있을까.

채워지고 채워져서 대단한 것이 태어난다.

커튼콜 때, 이쿠토는 모습을 드러내지 않았다. 왠지

모를 한기를 느끼며 대기실을 찾아가자, 하늘나라의 주인을 연기한 단장 하라 씨가 곤혹스러운 얼굴로 유리 화분을 가리켰다.

"란도 씨, 쥐도 새도 모르게 사라졌어요. 저런 기괴한 장난만 남겨 놓고."

유리 화분 안에는 큼지막한 꽃을 피운 백목련 가지가 있었다.

사람의 육체로 만들어진 것이 아닌, 진짜 식물 가지다. 극의 내용대로 한쪽 끝이 날카로운 손도끼에 팬 듯한 절단면이 있다. 까만 나뭇가지를 건드렸다. 당연히 딱딱했다. 대기실은 숨이 막힐 만큼 진한 향기로 가득 차 있었다.

새하얀 꽃 하나에 나란한 별처럼, 자그마한 얼룩 세 개가 드문드문 자리했다. 나는 하라 씨에게 허락을 구해 목련 가지와 유리 화분을 우리 집으로 가지고 왔다.

남편이 꽃이 되고 말았다.

이렇게 느끼는 나는 제정신이 아닐까.

예전에 이쿠토가 유리 화분을 두었던, 창문 옆 햇볕 잘 드는 공간에 그를 놓았다. 이동하는 동안 꽃이 조금 시들어서 유리 화분을 잘 닦고 절화 보존제를 넣은 맑은 물을 받은 다음, 물을 잘 빨아들이도록 가지 절단면에 몇 군데 칼집을 넣었다.

거실이 익숙한 향으로 물들었다. 잠시 지나자, 꽃잎이 다시 활기와 광택을 되찾았다. 나는 안심하고서 목욕하고 식사하고 거실과 침실 사이의 문을 열어 꽃향기를 느끼며 잤다. 남편이 옆에서 잤을 때와 무엇 하나 다름없이 푹 잤다.

백목련과 함께하는 일상은 지금까지 남편과 일군 생활과 별로 다르지 않았다. 백목련은 늘 차분하고 아름다웠으며, 나의 고민도 묵묵히 들어주었다. 오히려 이쿠토는 백목련이 된 후가 배우로서 활약하지 못해 괴로워하거나 가게 경영 때문에 고민하던 인간 시절보다 안정적이고 행복해 보였다.

아침에 일어나자마자 잘 잤어? 하고 말을 걸고, 샴페인 잔처럼 위를 향해 빛을 머금은, 그 하얀 꽃에 입술을 댄다. 생화의 감촉은 사람 피부와 비슷했다. 백목련은 절정기가 짧아 다음다음 날에는 바닥에 꽃잎이 하늘하늘 떨어졌다. 그런데 곧바로 은빛의 부드러운 털에 감싸인 싹이 자라나 다음 꽃을 피웠다.

계절도 시간도 개의치 않는 이것이 평범한 식물일 리 없다는 사실은 자명했다. 다른 무언가가 연기하는 가짜일 뿐이다. 그래도 존재의 본질이 이쿠토인 한, 나는 이것을 받아들일 수 있었다.

백목련은 한때 이쿠토가 취했던 자세 그대로 화분의 둥근 바닥에 가장 굵은 가지를 기대고, 거기서 다섯 갈래의 가지를 뻗어 사방에 꽃을 피웠다. 유리 화분에 손을 짚고 상반신을 숙이면 마치 백목련에 안긴 듯한 자세가 된다. 나는 꽃잎 몇 장에 입을 맞추고 바닐라 아이스크림처럼 부드러운 꽃잎을 핥았다. 잎 하나를 찢어 먹어 보기도 했다. 풋풋하고 쌉쌀한 맛이 났지만, 코끝을 스치는 향기가 기분 좋았다. 이 정도 장난을 친다고 이쿠토가 나에게 화를 낸 적은 없다.

허벅지 안쪽에 부드러운 것이 닿았다. 꽃을 먹느라 열중해 몸을 굽힌 탓에 유리 화분에서 삐져나온 싹이 그곳에 닿았다. 은색 솜털이 축축한 피부를 만졌다.

나는 침을 삼키고, 잠옷으로 입는 면 원피스를 벗었다. 팬티도 내리고, 제일 만져 주길 원하는 곳을 밀어붙였다. 이쿠토도 나를 먹을 수 있으면 좋을 텐데. 흠뻑 젖은 싹을 보며 생각했다.

매그놀리아 남편

주말이 지나고 이쿠토의 직장인 카페에서, 출근하는 날인데 나오지 않으셨어요, 라는 연락을 받았다. 남편이 백목련이 되었다고 말해도 제정신인지 의심만 받겠지. 연극을 마치고 자취를 감췄어요, 돌아오면 연락할게요, 하고 답했다. 극단 사람들이 추측하는 것과 크게 다르지 않은 범위 내에서의 설명이었다. 창립 멤버인 이쿠토의 동창생에게서도 몇 번인가 전화가 왔다. 이쿠토가 일과 연극을 양립하려고 매일 바쁘게 지낸 것을 알고 있었는지, 번아웃 증후군이 아니냐며 걱정했다. 이쿠토에게 연락이 오면 연락하겠다고 약속하고 전화를 끊었다.

며칠 뒤, 이쿠토가 일하는 점포에서 개인 물건이 든 상자가 도착했다. 필기도구, 갈아입을 셔츠와 앞치마, 업무용 모바일 기기.

상자 안에서 휴대용 음악 플레이어가 나와서 놀랐다. 전원을 켜 내부 데이터를 확인했다. 그는 달마다 '오전 BGM'과 '오후 BGM'이라는 플레이리스트를 따로 만들어 관리하고 있었다. 계절 변화에 맞춰 가게 음악을 바꿨나 보다. 최근 플레이리스트를 하나 터치했다. 히요시 겐마의 피아노곡이 잔뜩 표시되었다. 나는 플레이어 전원을 끄고 서랍에 대충 넣었다.

아침에 일어나 식사하고, 글을 쓰고, 목욕하고, 꽃과 어울리고 잔다. 매일 청소도 한다. 쇼핑하러 나가고 미팅도 한다. 백목련은 기분 좋게 피었다가 지기를 반복한다. 내 옆에서 살며 나와 기쁨을 나눈다.

팔월이 되자, 올려다보면 눈이 아플 만큼 하늘이 밝아졌다. 나는 오랜만에 나온 단편집을 홍보하려고 방을 정리하고, 적당히 햇빛이 드는 탁자 위에 책을 놓고 사진을 찍었다. 모든 이야기에서 살인이 벌어지는데, 1화의 살인범이 2화에서 살해당하고 2화의 살인범이 3화에서 살해당하는 구조가 이어진다. 최종화에서는 일곱 번째 살인범이 1화에서 살해당한 줄 알았던 인물에게 살해당한다. 제 꼬리를 문 우로보로스처럼 죽음이 순환하는 이야기다. 책 내용을 소개하는 문장과 방금 찍은 사진을 SNS에 올렸다.

신인상을 받았을 무렵에는 책이 제법 팔렸고 주변도 떠들썩했지만, 요즘은 신간이 나와도 그리 화제가 되지 않는다. 그래도 고마운 고정 독자들이 조금씩 소식을 퍼뜨려 주었다. 나는 차를 마시며 천천히 늘어나는 숫자를 지켜보았다.

독자 중 한 명이 신간 알림 투고에 댓글을 남겼다.

[리쿠 선생님, 안녕하세요. 신간 정보, 기뻐요. 그런데 안쪽에 찍힌 꽃은 무슨 꽃이에요? 은백색이 참 아름답네요.]

그의 존재가 일상에 너무 녹아들어서 깜박했다. 탁자에 세워 둔 신간 배경에 백목련 가지 하나가 찍혔다.

어쩌지. 답변을 고민했다. 백목련이라고 대답하는 것은 간단한데, 지금은 개화 계절이 이미 지났다. 이상하게 여길 것이다.

[어떤 사람이 백목련을 모티브로 만든 작품이에요. 아름답다고 해 주셔서 기뻐요.]

고민 끝에 댓글을 남겼다. 이러면 문제없겠지. 오랜만에 이쿠토가 칭찬받아 가슴에 기쁨이 물씬 퍼졌다. 나는 유리 화분 옆에 앉아 다른 괜한 것이 찍히지 않게 조심하며 그의 사진을 찍었다. '내 가족이에요'라는 제목을 붙여 그 사진도 SNS에 올렸다.

한동안 책상에 앉아 작업했다. 배가 고파 슬슬 저녁을 준비하려고 어두워지기 시작한 창밖을 보다가, 문득 아까 올린 게시물이 생각나 SNS를 확인했다.

신간 소식 조회수의 천 배가 넘는 사람들이 백목련 사진을 보고 있었다.

[이렇게 예쁜 꽃 처음 봐!]

[신비하네.]

[아티스트 이름 궁금해요.]

[가지 모양이 인체 같아서 요염해요.]

[꽃잎이 빛나는 것 같아.]

[지금 당장 말할 것 같은 꽃이야.]

아아, 까맣게 잊고 있었다. 이 꽃은, 이쿠토는 이름 붙이지 못할 축복을 받았다. 한때는 꽃 같은 사람으로 주목받았는데, 지금은 사람 같은 꽃이 되어 모두를 놀라게 하다니.

방대한 양의 댓글에 압도되어 화면을 내리는데, 갑자기 스마트폰 화면이 전환되더니 착신을 알리는 멜로디가 울렸다. '만년사 하야미 씨'라고 표시되었다. 나는 통화 버튼을 눌렀다.

"네, 리쿠입니다."

"늘 감사합니다, 만년사의 하야미입니다. 바쁘신 와중에 갑자기 전화를 드려 죄송합니다. 사실은 조금 전에 신세이 도쿄점 이벤트 담당자에게서 출판사로 연락이 와서요."

"네? 신세이? 신세이라면 백화점이죠?"

평소 인연이라곤 없는 명칭에 놀라자, 하야미 씨가 더욱 놀라운 말을 했다. 세상에, 신세이의 이벤트 담당자가 다음다음 달 신세이에서 열리는 꽃을 모티브로 한 예술 조형전에 우리 집 백목련을 제작한 아티스트의 작품을 전시하고 싶다면서 나와 연락할 수 있는지 문의한 모양이다.

"어떠세요? 허락하시든 거절하시든 제가 중간에서 잘 전달하겠습니다."

"고맙습니다. 검토를 좀 하고 다시 연락드려도 될까요?"

"물론이죠. 그럼 그쪽에도 기다려 달라고 전달하겠습니다."

배려 가득한 말투로 대답하더니 하야미 씨가 갑자기 침묵했다.

무슨 말을 하려는 걸까 생각하던 찰나, 휴우, 하고 숨을 들이쉬는 소리가 전화 너머로 들렸다.

"리쿠 씨, 실례지만 그 백목련은……."

하야미 씨는 더 이상 말하지 않았다. 망설이는 듯 다시 침묵하다가 그가 살짝 웃었다.

"아니, 죄송합니다. 아무것도 아니에요. 이상한 생각이 들어서요."

"지인이."

"네?"

"프로로 활동하지 않아서 이름을 밝힐 수 없지만 지인이, 그 연극을 보고 감동해서 제작한 거예요."

"그랬군요! 정말 훌륭한 작품입니다. 란도 씨의 백목련이 지닌 특징을 잘 파악해서 그때 감동이 되살아났어요."

"고맙습니다. 말 전할게요."

통화를 마치고 스마트폰을 무릎에 내려놓고서 창가의 백목련을 바라보았다. 에어컨 바람에 청회색 블라인드가 살짝 흔들렸다. 이 집은 이리도 정적인데 밖은 굉장히 소란하다.

"당신 보고 정말 아름답다고 하네. ……어떻게 하고 싶어?"

말을 걸어도 물론 대답은 없다. 하지만 나는 그제야 깨달았다. 그저 곁에 있다는 사실만으로도 벅차게 기뻐서 잊고 있었던 사실을. 내 남편은 표현자다. 그렇다면 많은 사람에게 보여줘야 한다.

신세이 도쿄점 십일 층 이벤트장은 대기 번호표를 발행할 정도로 혼잡했다. 파티션으로 나뉜 이벤트장 입구에 차례를 기다리는 긴 행렬이 있었다. 나는 이벤트장 끝에 설치된 관계자 입구 쪽 직원에게 입장권을 보여주고 들어갔다.

그림과 오브제, 조화, 액세서리 등 꽃을 상징으로 한 다양한 작품이 전시되었다. 전시장 전체에 은은한 향기가 감도는 것은 출구 근처 숍 코너에서 꽃 오일을 팔기 때문이었다. 미스트 디퓨저가 샘플인 장미 향을 내뿜었다.

장미와 백합, 해바라기 등 유명 꽃을 본뜬 작품이 주를 이루는 와중에, 이벤트장 중간쯤 전시된 이쿠토의 백목련은 이채로웠다. 건드리지 못하게 유리 진열장에 덮인 그는 제작품이 모인 곳인데도 살아 있는 꽃으로만 보였다. 살아 있는 생명체는 눈앞의 존재가 지닌 생명력을 민감하게 감지하기 마련이다.

"진짜 꽃 아니야?"

"아니겠지. 백목련은 봄에 피잖아."

"너무 리얼해서 무섭다."

"예뻐라."

"이거 집에 장식하고 싶다."

"가짜야. 만개한 꽃과 겨울눈이 같은 가지에 생기겠냐고."

사람들 머리 너머로는 이쿠토가 즐거워하는지 알 수 없었다. 그래도 언뜻 보이는 꽃잎의 활기로 미루어 괴로워하는 것 같진 않았다.

관람객의 흐름 속에 익숙한 남자가 있었다. 오늘은 웬일로 격식 차려서 양복을 입고 있었다. 다가가서 어깨를 두드렸다.

"하야미 씨."

"앗, 리쿠 씨! 안녕하세요. 오셨군요."

"네, 이번 일은 정말 감사했어요."

백목련의 제작자에 관한 문의가 들어왔을 때, 나는 하야미 씨를 통해 백화점 측과 일을 진행했다. 작가는 익명을 원하지만 작품 대여는 가능하다는 조건을 걸었고, 이후의 복잡한 절차도 모두 하야미 씨의 힘을 빌렸다.

"오늘은 어떻게 오셨어요? 만년사에서도 이쪽에 뭔가 전시했나요?"

"아니요, 그게 아니라 신세 진 분을 접대하러 왔습니다."

"아, 그러셨군요! 일하시는데 말을 걸어서 죄송해요. 그럼 다음에."

"무슨 말씀을요. 리쿠 씨를 뵈어서 기뻤어요. 조만간 또 연락드리겠습니다."

매그놀리아 남편

하야미 씨는 몇 번쯤 가볍게 고개를 숙이고 사람들의 흐름으로 되돌아갔다. 그는 백목련 진열장 앞에 멈춰 선 키 큰 남자 곁으로 다가갔다. 그가 신세를 진 업무 관계자일까. 품위 있는 보르살리노 모자를 쓰고, 색이 연한 선글라스를 꼈다. 아마도 거물 작가이겠지. 나와 같이 있을 때보다 하야미 씨의 등이 훨씬 긴장했다.

여름에 낸 단편집 판매 부수가 떠올라 한숨이 났다. 나도 돌아가서 일해야지. 슬슬 장편 소설을 써내지 않으면 만년사에서 버림받을지 모른다.

관계자 입구로 돌아가려면 인파를 거슬러 가야 했기에, 나는 다른 전시물들을 둘러보며 출구 쪽으로 향했다. 꽃 오일을 파는 숍 코너에 들어가 목욕할 때 쓸 상품을 찾는데, 조금 전 하야미 씨 곁에 있던 남자가 옆을 지나갔다. 오일 병을 들고 접객 중인 점원에게 다가가 손님 대응이 끝나기를 기다려 몇 마디 대화를 나눴다. 아는 사이인지 가볍게 어깨를 두드리고 떠났다.

전시회는 성황리에 끝났다. 혹시 피로가 쌓여 이쿠토가 시들지도 몰라 걱정했는데, 그는 시종일관 활기차게 꽃잎을 반짝였다. 분명 칭찬을 잔뜩 받아 기뻤을 것이다. 가지를 비스듬히 잘라 주어 그를 위로하고, 집에 와서는 한동안 둘이서 느긋하게 쉬었다.

바깥 추위가 점점 심해져서 나는 이쿠토가 얼지 않도록 실온과 습도에 신경 쓰기 시작했다. 이쿠토가 계속 꽃을 피우고 싶다면 봄철 같은 환경을 유지하는 것이 이상적이겠지. 크리스마스도 연말연시도 같이 있었다. 단둘이 난방 도는 실내에서 지내며 우리는 행복했다.

단단히 오므라든 꽃봉오리 끝에서부터 순서대로, 수줍어하며 겹겹이 풀어진다. 투명한 꽃잎이 고개를 내밀어 빛을 머금고 부푼다. 주렁주렁 달린 꽃이 하늘을 우러르며 당장이라도 노래할 것 같다. 빛나는 꽃들의 모판이 된 그녀는 몸을 웅크리고 자고 있다. 슬프게 간직해 온 사랑의 꽃. 소년인 나는 건드리지도 못하고 하염없이 그 모습을 바라본다.

이런 다소 고전적인, 그러면서 아름답고 요염한 이미지를 불러내는 곡이었다. 노래는 최근 가창력 뛰어나다고 주목받는 삼십 대 여성 배우의 목소리다. 꽃잎이 연상되는 하얗고 매끈한 옷감이 피아노 반주의 선율에 맞춰 반복해 화면 위에서 나부끼고, 이윽고 카메라는 긴 흑발을 쓸어 올리는 여배우의 옆얼굴을 클로즈업한다.

매그놀리아 남편

여자는 하얀 가운을 입고 한 손에 커피 담긴 컵을 들고, 호텔 최상층 같은 커다란 창 너머로 아침놀이 내린 거리를 바라본다. 누군가 부르는 소리에 돌아보는 얼굴 위로 터질 듯한 미소가 번졌다. 그 네 번째 손가락에는 반짝, 진주 한 알이 박힌 반지가 반짝인다.

스마트폰 뉴스 사이트에 우연히 뜬 광고 동영상이었다. 닷새 앞으로 다가온 화이트데이를 의식한 주얼리 광고 동영상이었다. 처음 본 동영상 오른쪽 하단에 '♪히요시 겐마/Magnolia'라는 자막이 표시되어 있었다.

매그놀리아. 직감이 왔다. 그 곡에서 그려내는 생생하고 요염한 이미지는, 출력 방법은 달라도 내가 매일 사랑하는 꽃과 똑같은 기색을 발산했다.

짐작 가는 구석은 하나뿐이었다. 나는 하야미 씨에게 보낸 업무 관련 메일에 [그러고 보니 전에 꽃 전시회에서 히요시 씨를 접대할 때 양복을 입으셨죠. 정말 잘 어울리고 멋있었어요! 저도 정장을 입을 테니까 다음 미팅 때는 기분 전환 삼아 조금 분위기 있는 가게로 가면 어때요?]라고 썼다. 답이 금방 왔다.

[그때는 제대로 인사드리지 못해 죄송했습니다. 일부러 정장을 차려입는 미팅, 멋진데요! 그럼 가게를 찾아

서 다시 연락드리겠습니다.]

하야미 씨는 부정하지 않았다.

히요시 겐마가 이쿠토를 봤다. 봤을 뿐 아니라 아름답다고 인정해 곡을 썼다.

그들은 만났다.

내 남편의 장대한 꿈이 이루어진 것이다.

〈매그놀리아(Magnolia)〉의 음원 데이터를 사서 귀가했다. 거실에 핀 이쿠토 옆에 앉아 하얀 꽃부리를 살폈다. 오늘도 평소와 다름없는 그다. 히요시가 그려낸 케케묵은 '식물 인간' 이미지보다 훨씬, 훨씬 더 아름답고 세련되었다.

아아, 싫다. 진절머리가 난다. 하지만 그가 오랜 세월 바란 일이다. 묵살할 수는 없다. 나는 배에 힘을 주고 말을 꺼냈다.

"히요시 겐마가 〈매그놀리아〉라는 곡을 썼어. 아마 작년 전시회에서 당신을 봤을 거야."

그 이상은 설명하지 않고 화면을 터치해 음악 재생 앱을 켰다. 꽃향기가 물씬 퍼지는 피아노 선율과 달콤하고 불분명한 노랫소리가 흘러나왔다.

매그놀리아 남편

변화는 금방 찾아왔다. 가장 굵은 가지에서 순식간에 새순이 돋더니 은색 싹을 틔우고 반짝이는 꽃을 피워냈다. 하지만 그 꽃들은 눈 깜짝할 사이에 시들어 떨어졌다. 열 송이, 스무 송이, 연이어 꽃이 샘솟고 빛의 비처럼 꽃잎을 떨군다. 유리 화분 주변에 하얀 꽃잎이 떨어져 쌓였다. 윤곽을 크게 부풀리고 반짝반짝 빛나는 꽃을 아낌없이 떨어뜨리는 그는, 흐느껴 울고 있었다. 지금까지의 그 어떤 순간보다 반짝이며 기쁨을 방출했다.

떨어지는 꽃을 맞으며 나는 속이 안 좋아질 정도로 초조함을 느꼈다.

이런 걸로 당신은 충족되는 거야?

〈매그놀리아〉는 히요시 겐마의 작품 중 걸출하게 뛰어나지는 않았다. 불성실한 아버지가 힐끗 이쪽을 봐 준 것만으로도 당신은 감격해서 모든 상처를 물에 흘려버리고 갈채를 보내는 건가. 애초에 특정한 누군가에게 사랑받으려는 표현자라니, 고작해야 응석이나 부리는 것으로 보일 뿐이다. 그 누구에게도 사랑받지 못해도 제 길을 계속 가는 것이 진짜 아닌가.

도저히 참을 수 없었다. 내가 옳다는 확신이 있었다.

"잘됐다, 만나서. 꿈이었잖아. 그러려고 노력했지."

하얀 꽃잎을 손바닥으로 건져서 가지고 놀았다. 그토록 신비로웠던 존재가 이제는 유치한 장난감으로만 보였다.

"아빠가 당신을 봐 줘서 이제 마음이 가득 채워졌나 봐? 사실은 자신의 표현을 추구하기보다 아빠에게 사랑받는 것이 당신한텐 훨씬 더 중요했으니까."

낙화가 멎었다. 나는 천장 근처까지 자란, 하얀 괴물 같은 존재를 올려다보았다.

"아빠의 양분이 되어서 기뻐?"

벼락이 친 줄 알았다. 그 정도의 굉음과 충격이었다. 나는 부엌 벽까지 날아가 세게 등을 부딪쳤다. 콜록거리며 웅크려 있기를 십여 초, 고통으로 흐릿해졌던 시야가 간신히 돌아왔다.

유리 화분은 산산조각 나고 천장까지 자란 목련 나무는 세로로 갈라져 두 동강으로 나뉘었다. 꽃이 전부 말라 떨어져 갈색 쓰레기가 되어 바닥에 층을 이루었다.

같이 살아 있기만 해도 행복했는데.

그 몸에 축복이 내릴 만큼 포기하지 않고 예술을 갈구하는 모습을 봐왔으면서.

어째서 나는, 사랑하는 사람이 고작 단 한 번, 약해져서 우는 것을 용납할 수 없었을까.

어째서, 표현자인 주제에, 표현자라면, 같은 비인간적인 규탄들을 증오처럼 머릿속에 떠올리고 말았을까.

남편은 분명 나를 사랑했다. 그렇기에 두 개로 쪼개지고 말았다.

"미안해."

갈색 쓰레기로 뒤덮인 바닥에 양손을 짚었다. 고개를 숙였다.

"미안해."

다시는 입으로 되돌리지 못할, 돌이킬 수 없는 소리를 했다.

나는, 사실은 태어나지 않은 것 아닐까, 이상한 기분이 들었어.

당신은 마침내 태어날 수 있었다고 기뻤을지도 모르는데.

"미안해."

전류를 뒤집어쓴 것처럼 몸이 떨렸다. 반짝이는 꽃은 이제 피지 않는다.

이사를 결심한 건 백목련이 따뜻한 곳에서 잘 자란다는 이야기를 들었기 때문이다. 저금을 털어 겨울에도 따뜻한 바람이 부는 남쪽 바닷가 근처에 땅을 샀다. 단층집을 세우고 마당에 두 개로 갈라진 목련을 심었다. 살아 있을까, 죽었을까, 살아 있어도 과연 내게 반응해 줄까, 전혀 모르겠다.

도심을 떠나오자, 여러 편집자가 미팅을 위해 먼 길을 떠나 집까지 찾아와 주었다.

"좋은데요, 따뜻한 바다. 리쿠 씨랑 미팅한다고 핑계 대고 서핑 하러 올까."

약속대로 더워 보이는 양복 차림으로 온 하야미 씨가 툇마루에 앉아 한가롭게 웃었다. 그는 달그락달그락 얼음 소리를 내며 보리차를 마시다가 이내 진지한 표정으로 물었다.

"슬슬 구체적으로 이야기를 진행하고 싶습니다만."

"네. 일단 주제는 생각해 봤는데요, 자신의 잔혹함을 억누르지 못해 가장 소중한 것을 망가뜨리고 마는 인간의 이야기면 어떨까요."

"오오, 비극적이네요."

"모처럼 발표하는 장편이니까 잔혹함의 근원이 무엇인지, 그런 인간이 타인을 존중하며 자신의 잔혹함으로부터 그들을 지키려면 어떻게 해야 하는지 깊이 생각해 보고 싶어요."

"으음, 읽으면 마음이 매우 무거워질 것 같아서 뭔가 읽는 부담을 낮출 장치도 생각하는 게 좋겠는데요……."

"네, 그렇다면……."

아이디어를 나누고 노트에 적었다. 네 시간에 걸친 긴 미팅 끝에 마감일을 정하고서야 하야미 씨는 돌아갔다.

저물기 시작한 하늘이 적자색으로 물들었다. 마당의 나란한 두 나무는 그림자에 잠겨 마치 까만 균열처럼 보였다. 나는 샌들을 신고 나무로 다가갔다. 나무 각각의 애처로운 절단면을 살살 어루만졌다.

누구에게 사랑받지 못해도 그 일을 계속하는 것이 진짜 아닌가.

내가 내뱉은 저주는 내게 다시 돌아왔다. 나는 사랑을 잃었고, 그래도 계속 사랑할 수밖에 없다.

"언젠가 채워지고 채워져서 대단한 것이 태어난다면."

그러면 조금이라도 좋으니까 이쪽을 봐 줘. 나무껍질에 이마를 대고 기도했다.

아아, 이것 또한 제 입맛에 맞춘 환상이다. 나는 앞으로도 내내, 이 환상에 흐트러지고 모순을 겪으며 살아갈 것이다.

상쾌하고 고귀한 꽃향기가 아주 은은하게, 코끝을 스
치면서 흘러갔다.

매그놀리아 남편

꽃에 눈이 멀다

1.

냉장고를 갖고 싶어, 라고 어묵 포장마차에 나란히 앉은 그 여자가 말했다. 냉장고를 갖고 싶어, 그것만 있으면 큼지막한 생선을 사서, 굽기도 하고 찌기도 해서 며칠에 걸쳐 정성스레 먹을 수 있어.

"머리부터 꼬리까지?"

"머리부터 꼬리까지."

여자는 진지한 표정으로 고개를 끄덕이고는 거품 꺼진 맥주를 꿀꺽 마셨다. 황금빛 육수를 듬뿍 머금은 한

꽃에 눈이 멀다

펜(흰살생선과 마를 섞어 쪄 낸 어묵)을 베어 먹고 젖은 입술을 날름 핥았다.

나는 텔레비전을 갖고 싶어. 내가 중얼거리자 여자가 눈을 동그랗게 떴다.

"그건 왜?"

"그게 있으면 밤중에 깨도 쓸쓸하지 않아."

"나 텔레비전 있는데. 작고 빨간 텔레비전."

"나도 냉장고 있어. 비교적 크고 하얀 냉장고."

다음 날 그녀, 아오야마 시마는 내가 사는 연립주택으로 굴러들어 왔다. 큼지막한 생선을 정성스레 시간을 들여 맛보기 위해, 빨갛고 작은 텔레비전을 안고.

시마의 피부에는 잔대꽃이 핀다. 불룩하게 피어 얌전하게 고개를 떨구는 하얀 꽃이다. 시마는 자기 가족 모두에게 핀다는 이 꽃을 몹시 싫어했다. 음울하고 화사함이 없고 시시한 꽃이라면서 모공에서 자란 꽃을 뚝뚝 뽑았다.

"너무 뽑으면 피부가 상해서 안 좋지 않을까?"

"이 약을 바르면 괜찮다더라."

"흐음."

"등, 뽑아 줘."

그러면서 시마는 뼈가 두드러진 등을 내게 돌렸다. 목욕을 마친 피부는 습기를 머금어 몹시 부드러워 보이는 벚꽃색이었다. 나는 손가락을 가만히 뻗어 시마의 등 여기저기 고개를 내민 잔대꽃의 싹을 잡았다.

"뽑을게."

"그래."

새끼손톱만 한 크기의 싹을 붙잡아 손끝으로 당겼다. 피부 표면이 살짝 당겨지고 붉게 부푼 모공이 벌어진다. 뚜두둑, 기분 좋은 감촉과 함께 둥근 떡잎이 뿌리까지 뜯어졌다. 나는 다른 쪽 손바닥에 뜯어진 잎을 모으며 따뜻하게 젖은 싹을 계속 뽑았다. 마지막으로 벌어진 모공을 수축해 준다는 크림형 약을 마른 등에 펴 발랐다.

관리를 마친 시마의 등은 마치 아직 싹이 자란 적 없는 갓난아기 피부처럼 매끈매끈했다.

"대단해, 예쁘다."

"후후후후후, 대단하지? 의학은 진보한다니까요. 하나씩도 뽑아 줄까?"

"나는 됐어. 이렇게까지 매끈매끈하면 왠지 마음이 안 끌리네."

"도시에 사는 사람들은 다들 뽑아. 영원히 예쁜 피부

꽃에 눈이 멀다

로 있을 수 있으니까."

"예쁜 피부 말이지."

내 피부에는 천일홍꽃이 핀다. 아빠도 엄마도 형제자
매도, 친척들은 전부 그렇다. 태어난 지방의 기후나 환
경에 따라 피부에 피는 꽃이 달라진다. 유전자와 함께
물려받은 식물은 인간의 육체에 뿌리를 내리고 숙주의
면역을 높여 풍토를 버티게 한다. 그렇게 공생하며 세월
과 함께 깊어진 뿌리가 이윽고 심장까지 침식하면 달라
붙은 개체를 죽음에 이르게 한다. 그러나 불길한 것은
아니다. 식물 침식이 깊어지는 것, 그것이 우리의 노화
였다. 마지막은 다들 꽃과 풀 덩어리가 되어 흐물흐물
무너져 흙으로 돌아간다. 엄마도, 아빠도, 그 전 세대도
그랬다. 특별하지 않은 단순한 죽음이다.

조금씩 다가오는 죽음에서 시선을 피하려는 듯이, 피
부의 식물을 깎거나 뽑는 유행은 어느 시대에나 있었다.
그러나 피부 표면을 아무리 정돈해도 몸 안에 파고든
뿌리가 진행을 멈추진 않는다.

나는 피부를 별로 관리하지 않으니까 몸 어딘가에 빨
간 폼폼 같은 꽃이 피어 있다. 시마는 내 옆구리의 꽃을
건드리며 입술을 삐죽였다.

"좋겠다, 나도 이런 꽃이었으면 조금은 피게 할 마음이 들 텐데."

"잔대꽃, 나는 좋아하는데. 정취가 배어 있어서."

"싫어, 이런 음울한 꽃."

"뭐라면 좋은데?"

"뭐든 피는 거 싫어. 나이 먹기 싫단 말이야. 게다가 너무 많이 피면 뻣뻣해지니까 얇은 옷을 못 입잖아."

시마는 싹을 다 뽑자 피부에 오렌지 오일을 바르기 시작했다. 상큼한 향이 물씬 풍겼다. 시마는 늘 청결하고 달콤한 향이 나고, 손톱 끝까지 반들반들하게 자기 관리를 했다. 또 온기를 구하는 고양이처럼 내 침대에 파고들어 잤다. 나는 시마와 자는 것이 좋다. 부드러운 허리를 끌어안으면, 시마는 간지럽다는 듯이 후후후 차분한 톤으로 웃는다. 그 목소리가 마치 고급스러운 담요 같아서 안심하게 된다.

"시마는 대단하다. 언제나 예뻐."

잠옷으로 갈아입고 침대에 누워 시마의 허리에 팔을 두르며 속삭이자, 시마가 졸린 듯이 눈을 깜박이며 고개를 저었다.

"하나 씨는 안정감이 있어."

꽃에 눈이 멀다

"그런가?"

"응. 나는 늘 불안정하게 흔들흔들하니까 최소한 예쁘게라도 꾸미는 거야."

잘 자, 라며 시마가 눈을 감았다. 바로 평화로운 숨소리를 내기 시작했다. 나는 시마의 부드러운 머리카락을 쓰다듬고 숨소리에 기대듯이 잠들었다. 시마가 온 뒤로 심야까지 잠 못 이루던 버릇이 잦아들어서 텔레비전을 보는 일도 사라졌다.

이틀에 한 번, 내가 근무하는 빵집에서는 생크림 넣은 반죽으로 호화로운 바게트를 굽는다. 대체로 정오가 지나면 다 팔리는데, 점원은 갓 구운 빵을 사무실에 맡겨뒀다가 나중에 반값으로 살 수도 있다.

대량으로 바게트를 굽고 퇴근한 어느 날, 시마는 좋은 냄새가 나, 좋은 냄새가 나, 라며 고양이처럼 자꾸만 내게 달라붙었다.

"그렇구나, 이거였어."

"뭐가?"

"하나 씨, 처음 만났을 때 좋은 냄새가 났거든."

"나한테서 냄새 나?"

"나. 맛있을 것 같고 배가 고파지는 냄새."

이번에는 맛있겠다, 맛있겠다, 하고 하도 반복해서 다음 바게트 굽는 날에는 하나 사서 돌아왔다. 시마는 뺨을 발갛게 붉히며 기뻐하고, 같이 먹자면서 냉장고에서 세 토막으로 손질한 농어를 꺼내 버터로 양면을 공들여 굽기 시작했다.

큼지막한 생선을 머리부터 꼬리까지 정성스레 먹고 싶다. 시마의 그 바람은 순조롭게 이루어졌다. 꽁치, 전갱이, 쏨뱅이, 새우, 대구, 고등어, 오징어, 게르치. 시마는 마음 내키는 대로 이런저런 해산물을 사서 요리했다. 버터로 굽고 술로 찌고 기름으로 튀기고. 단순한 조리법을 택한 덕분에 실패도 없고 맛도 나쁘지 않다. 가끔 비늘이 남아 있었는데 못 먹을 정도는 아니다. 나는 시마와 함께 마시기 위해 저렴하고 달콤한 와인을 사서 퇴근하는 습관이 생겼다. 시마가 만든 생선 요리에 내가 가지고 온 빵, 간단한 샐러드와 캔에 담긴 수프를 곁들였다. 직접 만들었지만 사실은 날림 요리였다. 그래도 평온한 심야 식탁은 매번 혼자 즉석식품을 먹고 쓰러지듯 잠들었던 날들에는 생각하지도 못한 것이다.

"왜 생선이었어?"

"처음 이 동네에 왔을 때 시장에 갔거든. 갓 잡은 반질반질한 생선이 잔뜩 놓여 있는 걸 봤는데 되게 좋았어."

"그게 다야?"

"응, 그게 다야. 만져 본 적 없었으니까 만져 보고 싶었어."

시마가 바게트를 찢어 접시에 남은 오일에 적시며 시선을 들었다.

"그리고 잔뜩 먹을 거면 혼자는 쓸쓸하잖아. 같이 먹어 줄 사람을 원했어."

이런 식으로 시마는 내 집에서 스리슬쩍 같이 살기 시작했다.

요즘 연락이 뜸하네, 라며 다카오미 씨가 부재중 전화를 남겼다. 나는 이미 손이 외운 번호를 눌러 다카오미 씨에게 전화를 걸었다.

"고양이를 키워서."

"고양이?"

"응."

"귀여워?"

"엄청 귀여워요."

"그거 부럽네."

다카오미 씨의 목소리는 낮고 달콤하다. 오늘은 유독 아련하게 스며들었다. 창밖에 비가 내린다. 다카오미 씨도 빗속에 있을까.

"고양이에 푹 빠져서 나를 잊었구나."

목소리는 웃고 있다. 무리도 아니다. 이 사람이 잘 자라고 말해 주지 않으면 잠들지 못했는데, 나는 시마가 온 후로 벌써 일주일이나 다카오미 씨에게 전화를 걸지 않았다. 다카오미 씨를 떠올렸다. 다카오미 씨의 커피와 담배가 섞인 살냄새나 불거진 등뼈, 딱딱한 손가락이 입 안을 휘저을 때의 감각을 떠올렸다. 갑자기 왈칵 둑이 터진 것처럼 몸 안쪽이 따뜻하게 젖었다.

"만나고 싶어요."

"고양이가 놀아주지 않아서?"

"다카오미 씨와 만나고 싶어요."

"응, 고마워."

다카오미 씨는 또 웃었다. 만날 가게를 정하고 전화를 끊었다. 한동안 귀 안쪽에 달콤한 목소리가 녹지 않은 채로 남았다.

비에 감싸인 집 안은 고요했다. 거실을 봤다. 시마는 싹이 자라니까 밖에 나가지 않겠다며 아침부터 담요를

꽃에 눈이 멀다

둘둘 말고 제습기를 틀고 있었다. 카펫에 누워 작은 텔레비전에 바짝 달라붙어 있다.

시마의 텔레비전은 눈이 번쩍 뜨일 듯이 선명한 빨간색이다. 모서리가 둥글고 반들반들하고, 전원 스위치 외에 채널을 바꾸는 다이얼만 달린 단순한 형태다.

시마가 텔레비전을 너무 끌어안고 있는 탓일까. 내게는 때때로 이 텔레비전이, 단 한 조각도 깎아낼 여분 없이 시마의 체형에 딱 맞춰 만들어진, 이 세상에서 유일무이하고 기묘한 오브제로 보일 때가 있었다. 그토록 보호를 받으며 잠들면 참으로 안정적이겠지.

시마는 일주일에 세 번, 술집 아르바이트를 하러 가는 것 이외에 밖으로 나가는 일이 거의 없다. 잠이 많은 사람이라 문득 보면 텔레비전에 들러붙어 몸을 말고 있다. 텔레비전 이외에 짐은 트렁크에 들어갈 만큼 적었다. 속옷과 갈아입을 바지, 셔츠 몇 벌과 스킨, 크림, 오렌지오일이 전부였다. 나는 시마를 위해 커다란 울 담요를 사 줬다. 집 어디에 몸을 말고 누워도 이것만 있으면 춥지 않다. 시마는 금세 이 집에 익숙해졌다. 어쩌면 시마는 내게 오기 전에도 누군가의 집에서 살았을지 모른다. 사람에게서 사람으로 건너가는 길고양이처럼, 쓸쓸한 사람의 침대를 따뜻하게 해 주는 보온 주머니처럼 사랑받으며.

"시마."

말을 걸자 사람 형태로 부푼 담요가 꿈틀 움직였다. 색 밝은 머리카락이 텔레비전 아래로 나오고, 이어서 졸린 눈이 이쪽을 향했다.

"놀러 갔다 올게."

시마가 눈을 비비고 몇 번 깜박였다. 잠시 후, 담요 안에서 한쪽 팔을 내밀었다. 가까이 가자 허리를 꽉 끌어안았다. 자던 중이어서 그런지 온도가 높고 따끈한 팔이다.

"가면 안 돼."

시마는 눈을 감은 채 이마를 내 배에 꾹꾹 밀어붙였다. 나는 조금 애달픔을 느꼈다. 시마와 있으면 늘 솔직한 요구를 듣는다. 배가 고파, 나랑 놀아, 같이 자자, 옆에 있어. 시마가 내게 요구하면 뭐든지 이루어 주고 싶어진다. 응석을 받아 주고 나서 시마가 아낌없이 정성을 다해 웃는 얼굴이 보고 싶어진다. 나라는 사람만으로 충족되는 생물이 있으리라고는 생각한 적도 없었다. 팔다리를 얽어 몸의 요철을 딱 겹치고 시마와 자는 것은 따

꽃에 눈이 멀다

뜻하게 데운 꿀로 세포를 충족하는 것 같은 도취감이
있다.

그러면서도 나는 그때마다 바닥없는 모래에 발이 삼
켜진 것과 비슷한, 약간의 숨 막힘을 느꼈다. 이것은 영
원한 것이 아니다, 이런 것이 계속 이어질 리 없다고 생
각한다. 시마의 체온에 익숙해지면 안 된다고 어렴풋하
게나마 생각하기 시작한 것은, 기분 좋고 따뜻한 시간이
끝날 순간에 대비하는 행위이기도 했다.

내 배에 얼굴을 묻은 시마의 머리를 천천히 쓰다듬어
달랬다.

"안 돼, 요즘 너무 틀어박혀 있었어."

"에이."

"선물로 맛있는 거 사 올게."

시마가 내키지 않는 티를 내며 얽힌 팔을 풀고 담요
안으로 들어갔다. 나는 조금 안도했다. 담요 너머로 둥
근 머리를 쓰다듬었다. 이어서 무의식적으로 빨간 텔레
비전을 쓰다듬었다. 애를 잘 부탁한다고 말하고 집을 나
왔다. 동네가 청아한 가랑비에 젖었다.

2.

튀김이 맛있는 가게다. 계절 채소나 생선을 살짝 튀겨 준다. 황금빛 튀김에 말차소금이나 매실소금을 뿌려 먹는다. 처음 여기에 날 데려온 사람이 다카오미 씨였다.

내가 먼저 도착했다. 조도가 낮은 반지하 가게 안쪽으로 들어갔다. 앞이 잘 안 보일 정도로 어슴푸레하고 빛이 희미한 가게 안 여기저기에 사람들이 두세 명씩 모여 앉아 조용히 웃고 있었다. 나는 메뉴판을 들고 한동안 살펴보다가 덮어 두었다. 대신 두 손등을 눈앞에 가지런히 놓고 팔랑팔랑 엎었다가 뒤집었다. 손바닥의 움푹한 부위에 근처의 조명 빛이 고였다가 금방 흘러 떨어졌다.

오른쪽 손목 바깥 부분, 불거진 뼈 근처에서 작고 딱딱한 싹을 발견했다. 가만히 둘 수 없어서 이로 똑 쪼아 버렸다. 이어서 검지와 중지 사이의 부드러운 살에서도. 이 싹도 가볍게 당겨서 뽑았다. 똑 뜯어지는 소리가 나고, 피부 아래로 더운물 같은 통증이 퍼졌다. 미끈한 잎이 혀에 남았다.

습관 비슷한 것이다. 싹을 보면 무심코 쪼아 먹는다.

꽃에 눈이 멀다

다른 곳은 신경 쓰지 않는데, 손목부터 손끝 사이에는 싹이 거의 없다. 뜯은 싹을 모아 씹어 삼켰다. 내 피와 살을 양분으로 자란 싹은, 맛이 좋은지 잘 모르겠다. 짭조름한 듯 달콤새큼한 듯 인상에 남지 않는 맛이다.

"또 그런 짓을 하고."

어이없어하는 목소리에 고개를 들자 다카오미 씨가 있었다. 바쁘게 지냈는지 뺨이 창백하다. 다카오미 씨는 자리에 앉으며 단단히 묶은 넥타이를 느슨하게 풀었다.

"어린애 같으니까 그만해."

"어차피 어린애니까요."

"그럼 술은 마시면 안 되겠네."

"마셔요. 마실 거예요."

다카오미 씨는 소주, 나는 더운물을 탄 매실주를 시켰다. 곧 채소와 보리멸튀김이 나왔다. 젓가락을 능숙하게 쓰는 다카오미 씨의 두 손은 싹을 깔끔히 잘라 청결하게 정돈된 모습이다. 다카오미 씨는 고급 가죽 가방을 들고 다니는 영업 사원이다. 평소에는 이 두 손에 하얀 장갑까지 끼고 순록 가죽 가방이나 캥거루 가죽 가방을 팔러 다닌다.

나는 안다. 다카오미 씨가 싹을 정리하는 부위는 목이

나 손끝과 발끝처럼 외부에서 보이는 곳뿐이고, 등이나 배꼽 주변이나 허벅지 주변에는 부드러운 율무 잎이 무성하다. 이 사람의 잎 형태, 부드러움, 코를 묻었을 때 나는 냄새를, 나는 안다. 그걸 생각하기만 해도 멍해져서 취기가 빨리 돌기 시작했다.

한동안 거의 대화를 하지 않고 열심히 먹었다. 튀김을 먹고 매실 과육이 잘 어우러진 메밀국수를 먹었다. 와사비를 곁들인 닭사시미는 두세 점씩 한꺼번에 입에 넣었다. 두 잔째 술은 맛이 진하게 느껴진다. 점점 배에 열기가 고였다.

만족스럽다고 생각했을 무렵, 우리 둘은 거의 동시에 젓가락을 내려놓았다. 다카오미 씨를 보니, 처음보다 눈빛이 강해졌다. 피부색도 밝아졌다. 분명 나도 마찬가지로 만족한 표정을 하고 있겠지. 서로 눈을 마주치자 누가 먼저랄 것 없이 웃었다. 나와 다카오미 씨는 식성이 잘 맞는다. 좋아하는 것도, 먹는 속도도, 양도, 기적처럼 잘 어우러진다.

"그만 갈까."

"그만 가요, 가요."

계산은 다카오미 씨가 했다. 나는 다카오미 씨의 어깨

꽃에 눈이 멀다

를 받치고 반지하인 가게의 계단을 올라갔다. 다카오미 씨는 왼쪽 다리가 조금 안 좋다.

　예전에 다카오미 씨를 강하게 움켜쥐려고 했던 적이 있었다. 평생 함께하자고 맹세하며, 매일 같은 이불을 덮고 자고 아침을 함께 맞이하자고 약속할 순 없느냐고 제안했다. 그 정도로 다카오미 씨가 좋았다. 다카오미 씨와 먹는 밥은 맛있고, 다카오미 씨도 나를 좋아한다고 말했다. 몸도 몇 번이나 섞었다. 그래서 지극히 간단한 일이라고 생각했다.

　분명 기뻐할 줄 알고 가슴을 펴며 말했는데, 다카오미 씨는 너무도 곤란한 표정을 지었다. 약속, 하고 이국의 말처럼 중얼거리고는 당혹스러운 표정으로 입을 다물었다. 꽤 오래 사귀었는데 그런 표정을 보는 것은 처음이었다.

　"미안."

　침묵 끝에 다카오미 씨는 내 머리 모양을 따라 둥그렇게 쓰다듬었다. 꽤 오래도록, 나는 그저 그 손길을 받았다. 멍하니 넋을 놓고 절대 안 돼요? 라고 묻자 절대 안 된다는 축축한 목소리가 돌아왔다.

　"내가, 미워?"

일부러 눈물 젖은 말을 내뱉자, 다카오미 씨는 싫은 표정을 지었다. 나를 나무라기라도 하듯 머리를 쓰다듬던 손을 툭툭 튕기며 거두었다.

"그런 멍청한 소리는 하지 마."

"그래도 약속하고 싶어."

"약속 없이는 헤어져야 하는 관계라면, 헤어져야지."

"너무해."

너무나 난폭한 소리를 들은 것만 같았다. 단지 그런 기분이 들었을 뿐인데, 약속이라도 한 것처럼 허무하게 눈물이 났다. 한심하게 엉엉 우는 나를 다카오미 씨는 개나 고양이를 보는 눈으로 한동안 바라보았다. 위로해주지 않는 모습에 발끈했지만 눈물은 점점 잦아들었다. 계속해서 우는 것은 어렵다.

우는 동안에는 말을 걸지 않았던 다카오미 씨가 울음을 그치자 내 머리를 쓰다듬었다.

"왜 그렇게 약속을 하고 싶어?"

"보통은 그런다고 생각했으니까."

"보통이라는 말을 간단하게 하지 마."

그러면서 또 조금 싫은 표정을 지었다. 이런 소소한 면도 그냥 넘어가지 않는 사람이 다카오미 씨라고 새삼

꽃에 눈이 멀다

스레 생각했다. 이 사람의 생각에는 늘 확고한 이치가 담겨 있다. 나는 한동안 입을 다물었다. 그리고 다카오미 씨의 얼굴을 봤다. 잘 반짝이는 눈. 다카오미 씨는 웬만해선 시선을 피하는 법이 없다. 용서가 없는 대신 성실하고, 언제나 내 말을 참을성 있게 기다려 준다. 잔잔한 호수 수면처럼 매끄러운 까만 눈동자에 내 멍한 얼굴이 비쳤다.

"다카오미 씨가 좋아요."

"응."

"약속하고 독점하고 싶어. 평생 함께한다고 정해 버리고 싶어. 그러면 안심하고 잘 수 있을 것 같아요."

내 입에서 강한 말이 나왔다. 그러자 다카오미 씨가 조금 부드러운 표정을 짓고 또 내 머리를 쓰다듬었다.

"나는 그런 식의······."

"응."

"좋아하는 마음과 평생 독점하는 사이의 혼합물 같은 것이 진짜라고 생각할 수 없어."

"혼합물?"

"그래, 혼합물."

그러니까 미안하다고 다카오미 씨가 말했다.

"역시 그건 나랑 다르구나."

나는 푹 숙인 다카오미 씨의 머리를 거의 무의식적으로 쓰다듬었다. 혼합물이라는, 씹어 으깰 수 없는 말을 혀 위에서 굴리며 조금 전에 그가 내게 그랬던 것처럼 꽤 오랫동안 쓰다듬었다.

그로부터 몇 개월 뒤, 나는 다카오미 씨의 아이를 가졌다.

온도 높은 덩어리를 찰랑찰랑 배에 채운 채, 임신 중의 나는 줄곧 아주 옛날 일들만 떠올리곤 했다. 아이. 내 몸 안에서, 무(無)에서 생(生)으로 이동하는 과정의 농후한 꿈을 보는 사람들. 나도 한때는 아이였다. 엄마 태내에서 꾸던 꿈은 이미 생각나지 않는다.

나는 엄마의 열여섯 번째 아이였다. 내게 내민 엄마의 가슴은 이미 시들었고, 피부 구석구석 파고든 천일홍 뿌리 때문에 뺨을 대면 꺼끌꺼끌했다. 빨아먹은 젖은 묽고 살짝 흙냄새가 났다. 그래도 나는 건강하게 자랐다.

태어나고, 호흡하고, 젖은 상태로 기고, 네 발 보행에서 일어나기까지 일 년. 뼈를 늘리고 몸 형태를 만들고 말을 배우는 데 또 일 년. 몸에 살을 얹고 허리 안쪽에 뿌리 굵은 생식 기능을 갖추기까지 또 일 년. 마지막 이

　　　　　　　　　　꽃에 눈이 멀다

년은 오로지 학습이었다. 첫 일 년은 공통적으로 기초 학습을, 다음 일 년에는 분야를 특화한 전문 학습을 했다. 동물 중에서도 우리는 느리게 성인이 된다. 태어나서 어른이 될 때까지 오 년이나 걸린다.

내가 성인이 되었을 때, 내 하복부와 허벅지 안쪽에는 이미 작은 새싹이 돋아나 있었다. 거슬리는 잎을 뚝뚝 뜯으며 부엌의 어둡고 습한 곳에 가자, 냉장고 뒤에서 잎과 꽃의 덩어리가 된 엄마가 마지막으로 낳은 남동생을 어르고 있었다.

둘 다 잎의 색이 매우 짙었으니까 여름이었을 것이다.

가는구나, 라고 엄마가 내 눈을 바라보며 말했고 나는 갈게요, 하고 대답했다. 그리고 짐을 챙겨 본가에서 떠나 도심의 세탁소에서 일하기 시작했다.

그날 나는 도대체 어디로 '간다'고 했던 것일까. 하지만 그때는 분명히 들렸다. 차분하면서도 복부 밑바닥을 달구는 불처럼 날카로운 충동이, 나에게 집을 떠나라고 명령하고 있었다. 세탁소에서 문구 회사의 사무직을 거쳐 최근 유행하는 천연 효모 빵집의 제조직으로 직업을 바꾸는 동안, 나는 차츰차츰 본가에서 멀어졌다. 소박하지만 조금씩 저금이 모이기 시작해 어지간히 사치를 부리지 않는 한 먹고 사는 데 불편은 없어졌다. 그래도 표류의 끝은 보이지 않았다. 나는 한밤중에 잠에서 자주 깼다. 천장을 올려다보고 파란 어둠을 가만히 응시하며 왜 여기 있는지 멍해지곤 했다.

지금은 다르다. 눈을 뜨면 옆에서 시마가 자고 있다. 나는 한밤중에 천장을 올려다보기 전, 시마의 등에 달라붙어 부드러운 목덜미에 기대 소록소록 잠들 수 있다. 깊게 숨을 들이쉬고 얕게 내쉬고 잠시 있다가 다시 들이쉬는 식으로 시마의 수면 리듬을 흉내 낼 수 있다. 시마를 안고 있으면 아주 오래전 놓아버린 내 아이들과 함께 잠자던 시대가 떠오른다. 내가 가장 깊이 잠들 수 있었던 시대.

내가 다카오미 씨의 아이를 낳은 것은 초봄의 따뜻한 바람이 부는 계절로, 한 해에 한 번 있는 출산 시즌이었다. 어느 집이든 푹 젖은 하얀 갓난아기로 가득 넘쳤다. 많이 낳는 사람은 평생 스무 명에 가까운 아이를 낳는다. 나는 한 번에 세 아이를 낳았다.

갓난아이의 피부는 촉촉하고 무겁고 팽팽하다. 밀도가 높아 싹이 피부를 침식할 틈이 없다. 갓 태어난 생물이 가장 강하다. 새까만 눈을 뜨고 힘차게 바닥을 기고,

꽃에 눈이 멀다

머뭇거리지 않고, 아플 정도로 젖을 빤다.

"대단하네."

"뭐가?"

"나라면 이렇게 강하게 당신의 체액을 정신없이 빠는 거, 무서워서 못 해."

"예전에는 어머니를 빨았으면서?"

"응, 그러니까 잊어버린 거지. 아무것도 무섭지 않던 시절은 잊었어."

네 개의 다리로 기어다니는 동안에는 아무것도 무섭지 않다. 아이와 나의 경계는 한없이 얇아서 내가 웃으면 아이도 웃고 내가 울면 아이도 울었다.

아이들은 금방 자란다. 일어나고, 나를 알고, 다카오미 씨를 알고, 말을 배우고, 아이들은 조금씩 심약해진다. 완고해 보일 정도로 맑은 눈이 다정하게 흐려지고, 부드러운 색의 싹이 툭툭 피부를 파먹기 시작한다.

성장한 아이들은 우리를 떠나고 싶어 했다. 부모가 주는 체액만으로는 더 이상 충족되지 않아, 각자의 눈에 비친 세계를 먹는 단계로 접어든 것이다. 폭신폭신하고 부드럽고 나보다 훨씬 체온 높은 아이들과 모여 자는 것은 지금까지 맛본 적 없을 만큼 안온한 시간이었다.

녹고 풀리고 뒤섞이는 당밀 같은 잠. 놓치는 것이 아쉬워 그 시간에 달라붙었다.

그래서 제일 몸이 작은 한 아이를 언제나 안고 있었다. 항상 젖을 물리고, 그 이외의 것에 식욕을 느끼지 못하게 멀리했다. 고형물을 꼭 먹고 싶어 할 때는 입으로 옮겨 주었다. 그러다가 나 없이 살지 못하게 되면 좋겠다고 진심으로 바랐다.

그만해, 하고 다카오미 씨가 말렸다.

"내 어머니와 똑같은 행동을 하고 있어."

그래서 그 사람은 아기였던 내 다리를 부러뜨렸어. 정신을 차리고는 몹시 괴로워했어. 어쩌면 당신은 정신을 차리지 못하는 사람일지도 모르지만, 그래도 그만두는 게 좋아. 낮고 차분하게 말하며 내 품에서 아이를 비틀어 뗐다. 내가 울고 아이도 울었다. 그래도 다카오미 씨는 마지막까지 의연했다. 내가 아이 대신 다시 다카오미 씨에게 매달려 잠들 수 있도록, 그는 내 팔을 끌어다 자신의 허리에 감아 주었다. 다카오미 씨는 아이와 비교하면 한참 부족할 정도로 체온이 낮고 꺼끌꺼끌하고 딱딱하고 내게서 먼 존재였다. 그러나 적어도 내 손에 부서지는 것은 아니었다. 나는 마치 네 번째 아이가 된 양

꽃에 눈이 멀다

울며 잠들었다.

오 년 남짓한 시간이 흐르고 성인이 된 아이들은 모두 집을 떠났다. 그들의 배 속에서도 희미한 불꽃이 속삭였을까. 지평선으로 달려가라, 부모를 버려라, 탯줄을 끊어라! 첫 번째 아이는 도심으로, 두 번째 아이는 북쪽 항구로, 세 번째 아이는 음악 학교로. 다들 몸의 부드러운 부분에 파란 싹을 고요하게 피워냈다.

모계 유전인 천일홍 싹은 그들에게 아픔을 주고, 자그마한 꽃을 주고, 언젠가 그들을 죽이겠지. 아이들은 아주 잠깐 인간의 형태를 유지하며 움직이고 달리고, 나보다 늦게 다시 흙으로 돌아갈 것이다.

아이들을 떠나보내자 집의 공기가 갑자기 옅어졌다. 온도가 내려가서 호흡은 편해졌다. 목소리가 쉽게 퍼져서 처음에는 성량 조절이 어려웠다.

"다른 거였어."

내가 중얼거리자, 다카오미 씨가 천천히 고개를 기울였다.

"다카오미 씨는 아닐 테지만, 나와 같은 식물이 자라고 내 젖을 빨며 자랐으니까 나와 가까운 것이 될 줄 알

앉어."

"다른 거야. 전혀 다른 것이지. 나나 당신이 그랬던 것
처럼, 아이들도 지금 이 순간 우리가 본 적 없는 곳을
향해 우리 생각 따위는 조금도 하지 않은 채 달려가고
있을 거야."

"쓸쓸해."

피부가 차가워서 쓸쓸하다. 완전하게 데워주는 것을
잃어서 쓸쓸하다. 그렇게 말하자 다카오미 씨가 살짝 웃
고 밥을 먹으러 가자고 했다. 다카오미 씨는 다정하다.
그러나 계속 같이 있겠다고 말하지는 않는다. 묶어둘 수
는 없다. 언젠가 흘러간다. 아이들처럼. 혼자 잠드는 것
도 제대로 하지 못하는 어리석고 심약한 나를 두고.

약속하지 않은 채로 같은 곳에 살다가 다른 곳에 살
다가, 붙었다가 떨어지며 나와 다카오미 씨는 그 후로도
느슨하게 만났다.

세월이 흘러 내 명치에 뿌리가 도달하고, 다카오미 씨
의 왼쪽 다리가 거의 움직이지 않게 되었을 즈음, 시마
가 내 침대로 굴러들어 왔다.

꽃에 눈이 멀다

3.

시마가 아르바이트하는 곳의 회식 자리에 갔다. 아침
에나 돌아온다고 한다. 유난히 넓게 느껴지는 혼자만의
침대에서, 나는 물에 가라앉힌 과일이 떠오르는 것처럼
자연스럽게 잠에서 깼다. 눈을 떴는데, 아직 천장이 검
푸른 것에 실망했다. 침대 옆 디지털시계는 새벽 한 시
를 가리켰다. 세 시간 후에 출근해야 하는데 머리 한구
석이 아플 정도로 정신이 또렷했다. 베개에 손톱을 세워
일어났다.

페트병에 든 생수를 마시며 어두운 방을 둘러보았다.
커튼 틈으로 희미한 달빛이 파고들어 한 줄기 레이스처
럼 바닥에 넓게 퍼졌다. 이불이 말려 있는 침대. 그 옆에
놓인 내일 입을 옷.

나는 침대 옆에 오도카니 놓인 시마의 텔레비전으로
다가갔다. 전원을 켜 다이얼을 돌렸다. 지직, 희미한 신
음과 함께 잿빛 화면이 점멸했다. 잠시 기다리자 흔들리
는 화면이 차분해지고 흙에서 물이 서서히 배어 나오는
것처럼 색채가 떠올랐다. 모르는 남자가 특색 없는 얼굴
로 더듬더듬 역사 강의를 한다. 채널을 바꾼다. 몸짓이

호들갑스러운 여자가 들고 있는 화장품을 팔려고 쉴 새 없이 절찬한다. 채널을 바꾼다. 익살스럽게 춤추는 남자에 맞춰 합성된 웃음이 흥을 돋운다. 채널을 바꾼다. 채널을 바꾼다. 나는 음성을 끄고 침대에 앉아 바닥에 놓인 텔레비전의 담담한 명멸을 바라보았다. 잠시 후, 시마가 자주 그러는 것처럼 빨간 텔레비전 위에 발바닥을 가만히 얹었다. 플라스틱의 매끈한 감촉. 은은하게 열을 발산한다.

방 한쪽에서 전화 램프가 깜박였다. 부재중 전화를 재생한다. 사흘 후에, 하고 달콤한 목소리가 제안했다.

감각이 사라졌어, 하고 호텔에 도착한 다카오미 씨가 침대에 다리를 아무렇게나 놓으며 말했다.

"보기 좋은 건 아닌데, 상당히 재미있어."

"뭐가?"

"몸에는 붙어 있는데 이제 내 것이 아닌 듯해서."

그러면서 다카오미 씨가 뻣뻣한 양말을 잡아당겨 벗었다. 갑자기 습한 흙냄새가 확 퍼졌다. 다리를 보려고 했지만 이불로 감췄다.

"보고 싶어."

"보기 좋지 않아."

"괜찮아."

이불을 젖히고 보자, 힘줄이 불거진 왼쪽 다리의 정강이부터 발끝까지 뾰족한 잎이 촘촘하게 덮여 있었다. 율무다. 잎을 들추고 피부를 들여다보니 희고 굵은 뿌리가 살점에 박혀 있었다. 피부 표면이 완전히 말라비틀어졌다. 진흙처럼 축축하고 무너져 버린 부위도 있다. 다카오미 씨가 발을 들자 윤기 흐르는 둥근 열매가 잎 사이에서 뚝뚝 떨어졌다.

"아프지 않아?"

"이 주쯤 전에 열이 나고 부풀어서 너무 아팠는데 지금은 전혀. 그러고 보니 그게 내 다리의 최후였겠군."

"왜 이리 태평해."

"태평하지. 이제 다리가 아파서 힘들진 않거든. 뼈는 아직 무너지지 않은 것 같으니까 한동안은 걸을 수 있고."

얏, 하고 기합을 넣으며 침대에서 일어난 다카오미 씨는 왼발에 체중을 싣지 않으려 몸을 들썩이며 걸었다. 그는 옷을 벗으며 욕실로 향했다.

교대로 몸을 씻고 나와 알몸이 되어 이불 안으로 들어갔다. 다카오미 씨의 배를 손으로 천천히 더듬었다.

다 자란 율무가 따뜻하게 젖었다. 등을 살짝 말아 수풀에 코를 묻었다.

"하나, 거길 좋아하지."

다카오미 씨가 머리를 가볍게 쓰다듬었다. 나는 혀를 내밀어 율무 뿌리를 핥았다. 깊이 파고들어야 간신히 닿을 수 있는 피부는 달았다. 부드럽고, 밀어 넣은 혀가 끝없이 삼켜질 것 같았다. 이런 곳에서도 은은한 흙냄새가 난다. 예전에는 이렇지 않았던 것 같다. 이렇게 보슬보슬 피어오르는 자비로운 냄새가 아니라 좀 더 점성 있고 딱딱한, 생물의 짠맛과 지방질이 섞인 냄새가 났었다.

갑자기 오싹할 정도로 두려워져서, 흙보다 다카오미 씨의 냄새가 강한 곳을 찾았다. 점점 하복부로 내려갔다. 다카오미 씨는 뺨에 솜을 문 것처럼 쿡쿡 웃었다.

"하나, 혀가 뜨거워."

아니야. 분명 다카오미 씨의 피부가 변한 것이다. 그렇게 생각하며 얌전히 시든 성기를 입에 물자, 웃는 소리가 깊어졌다.

이리 와, 하고 다카오미 씨가 재촉했다. 나는 입으로 키운 그것에서 고개를 들었다. 그의 위로 몸을 겹치며 유혹하는 대로 입술을 맞대자, 입안에서 익숙한 다카오

　　　　　　　　꽃에 눈이 멀다

미 씨의 맛이 났다. 은은하고 달콤한 타액을 열중해서 빨았다. 다카오미 씨, 다카오미 씨. 이름을 부르며 몸을 바짝 댔다.

"내가 당신을 망가뜨렸을까."

입맞춤 사이에 다카오미 씨가 내 머리를 쓰다듬으며 웃는 목소리로 물었다.

"그래도 당신 응석을 받아 주는 거 아주 기분 좋았어."

다카오미 씨의 손가락이 내 사타구니를 찾았다. 손가락이 차갑다. 내 쪽은 바보 같게도 뜨거웠다. 두 온도가 뒤섞여서 조금씩 풀려 갔다.

"당신을 안으면 따뜻했고, 같이 먹는 밥도 맛있었어."

그런 말 하지 마, 하고 그의 얇은 입술을 덮자 다카오미 씨가 눈웃음을 지었다.

"뭐, 당신도 나를 망가뜨렸을 테니까 무승부인 셈이지."

자기 좋을 대로 말하며 가볍게 웃었다. 목소리가 다정하다. 올라탄 복근이 평온하게 흔들린다. 혼합물을 허용하지 않았던 다카오미 씨, 그가 용서하지 않았던 부분이 어느새 걸쭉하게 탁해져 있다. 언제 이렇게 시간이 흘렀을까.

"동글동글해졌네, 다카오미 씨."

"이제 아저씨니까. 다리도 안 움직이고."

"어딘가로 가 버릴 거야?"

다카오미 씨는 나를 봤다. 까만 눈동자에 내가 비쳤다. 다카오미 씨의 눈에 비친 나는 늘 믿음직스럽지 못한 멍해 보이는 표정을 하고 있다. 다카오미 씨가 입술 끝을 끌어올리고, 내 허벅지 위에 손을 톡톡 튕겼다.

"자, 허리를 들어 줘."

녹아서 풀린 곳에 다카오미 씨가 들어왔다. 나보다 낮은 체온이 몸 안쪽을 차츰차츰 벌리고 들어와 금세 익숙하게 자리를 잡는다. 뒤섞인다. 흔들리며 다카오미 씨의 머리를 끌어안았다. 흙냄새가 난다. 땀냄새가 난다. 서로가 토해내는 뜨거운 숨이 아른아른 쌓여서, 양수가 되어 좁은 방을 채운다. 들이쉬고 토하고, 조용히 떨고, 내 쪽이 먼저 터졌다.

끝난 뒤, 둘 다 시트에 퍼져 누웠다. 다카오미 씨의 허리에 달라붙었다. 담배 한 대를 조용히 피우며 다카오미 씨가 입을 열었다.

"예전에 회사 워크숍으로 다녀온 곳이 꽤 좋아서."

"응."

"작은 마을이야. 바다 근처인데 해가 잘 비치고, 보기 좋게 꽃이 핀 넓은 숲도 있어. 그 마을로 주소지를 옮기면 그 숲에 언제든 자유롭게 들어갈 수 있어."

"흐음."

"이미 절차는 마무리했어. 다음 주부터 그 마을에서 지낼 거야. 거기서 생선 요리도 먹고 책을 읽고 일광욕을 하다가, 마지막에는 숲에서 가장 양지바른 곳에 누워 잠들 거야. 그러니까 근처에 들르면 놀러 와……. 가끔은 만나고 싶어."

"언제부터 생각했어?"

"꽤 예전부터. 다리가 이러니까, 나는 그렇게 오래 살지 못할 것 같았거든."

"나, 아직 생각한 적 없어."

"그건 당신의 시간이 더 이어질 거라는 거야. 아직 필요 없으니까 생각나지 않지."

가느다란 연기가 천장으로 올라갔다. 나는 다카오미 씨의 가슴을 만졌다. 바스락바스락, 마른 싹을 더듬었다. 그곳에서부터 피부의 습기가 더 짙어지는 명치 쪽으로 손가락을 미끄러뜨렸다. 딱딱한 싹, 피부를 밀어 올린 뿌리. 싹이 다카오미 씨일까, 아니면 싹과 싹 사이에서 흐물흐물 무너져 금방 숲의 흙에 녹아버릴 듯한 것이 다카오미 씨일까.

"다카오미 씨."

"네."

"좋아해."

"응."

"좋아해요."

가지 말라는 말을 하지 않으려고 하자 같은 말만 나왔다. 내 안쪽에 생긴 어떤 아픔보다 다카오미 씨의 안온이 중요했다. 태어나서 처음으로 그렇게 생각했다.

"좋아해요."

"응, 고마워."

다카오미 씨가 웃었다. 나는 어느새 울고 있었다. 그래도 그는 웃는다. 다카오미 씨는 칭찬하는 것처럼 내 머리카락을 쓰다듬었다.

"하나는 좋은 사람이야."

"응."

"잠 잘 자야 해."

"응."

"고양이에게 다정하게 해 줘. 분명 뭔가 있을 거야. 형태 없는 뭔가가 있으니까 만난 거야. 소중히 여겨 주면

꽃에 눈이 멀다

돼. 같이 맛있는 걸 많이 먹어."

"응."

"하나, 잠깐 가만히 있어 줘."

다카오미 씨는 내 어깨를 안고 가만히 등을 구부렸다. 몇 초 후, 뚜둑, 강한 소리와 함께 내 목덜미의 싹 하나를 물어뜯었다. 은은한 통증. 다카오미 씨의 입술이 나를 양분으로 자란 그것을 머금었다. 꼭꼭 씹힌 그것이 다카오미 씨의 목구멍을 지나 떨어진다.

"아주 조금 데리고 가게 해 줘."

사실 이러지 않아도 하나에게서 빨아들인 건 내 안에 잔뜩 있지만, 이건 일종의 의식 같은 거야, 의식. 가끔은 이런 것도 괜찮겠지. 이렇게 하는 편이 알기 쉬우니까. 진지하게 생각하지 않으면 그냥 흘러가 버릴 것 같은 것들을, 깊이 생각하지 못할 때도 흘러가지 않게 하려는 의식 같은 거겠지. 다카오미 씨가 말하며 웃었다. 다카오미 씨가 웃으면 손가락으로 받친 담배의 연기도 뱀처럼 구불거린다. 나는 울음을 그치고 다카오미 씨의 명치에 자란 가장 부드러워 보이는 싹을 입으로 뽑았다. 뚜욱. 깊은 뿌리까지 뽑아 버린 탓에, 뽑은 곳에 생긴 작은 구멍에서 아주 살짝 피가 비쳤다.

"미안해요."

"괜찮아, 그쪽은 이미 감각이 없어."

석류알 같은 핏방울을 빨고, 매끄러운 잎을 천천히 핥고 굴리다 마지막에 어금니로 씹었다. 부드러운 소금 맛이 은은하게 퍼졌다. 전부 삼키고 나서, 다카오미 씨의 피부를 파고들 듯 잠들었다.

불을 끄자, 삐걱삐걱 살을 침식하는 식물의 숨결이 들렸다. 다카오미 씨의 옆구리에서 들린다. 내 허벅지에서도 들린다. 꽈악, 끌어안는 힘을 더 주었다. 창밖에서도 분명 온갖 것들이 침식되고 흐물흐물 무너지고 스러지고, 반대로 어딘가 따뜻한 침대에서는 싱그러운 갓난아기가 태어난다. 부드러운 손가락으로 허공을 긁는다.

아침, 다카오미 씨는 나보다 먼저 호텔을 나갔다.

또 만나자고 말했다.

4.

거실 한가운데에서 시마가 자고 있다. 울 담요에 파묻힌 채, 텔레비전을 끌어안은 것처럼 옆으로 누워 있다.

꽃에 눈이 멀다

나는 손을 뻗어 담요 틈으로 보이는 곱슬머리를 쓱쓱 만졌다. 그러자 긴 속눈썹이 희미하게 떨리고, 물기 많은 눈이 내 쪽을 올려보았다.

"어서 와."

낭창한 팔이 뻗어와 내 허리에 얽혔다. 망설이지 않고 곧장 끌어안는다. 시마의 피부는 여전히 사탕 과자 같은 냄새가 난다. 차가운 흙냄새와는 동떨어진, 달콤하고 뭉실뭉실한 냄새다. 나는 그것만으로도 기뻐서 시마의 머리카락을 마구 흩트리고 이마 중앙에 다녀왔다는 키스를 했다. 시마는 졸린 듯 눈을 깜박인 뒤, 조용히 내 얼굴을 바라보았다.

"하나 씨, 무슨 일 있었어?"

"왜?"

"표정이 이상해. 멍해 보여서."

"괜찮아."

나는 시마의 등에 팔을 둘렀다. 흙냄새를 털어내기라도 하듯 강하게 끌어당기자, 팔 안에서 시마의 부드러운 뼈마디가 휘어졌다. 불편하고 엉거주춤한 자세일 텐데도, 시마는 내 얼굴을 바라보며 가만히 있었다. 조금 전까지 잠들어 있었던 작은 몸에는 살짝 땀이 배어 열기를 지니고 있었다.

매일매일 빵을 반죽하고 굽고 돌아오면 시마와 놀다가 잔다. 나는 이른 아침에 일하고 시마는 밤늦게 일한다. 그래도 시마의 일이 주 삼 일이어서 같이 있는 시간은 많다.

시마는 아이 같다. 외모는 이미 건강한 성인으로 성장했는데 동작이나 나를 바라보는 눈이 어리다. 한때 다카오미 씨가 완고했던 것처럼, 내게 뿌리 깊은 불면이 숨 쉬는 것처럼, 시마 안에도 분명 이름 없는 나약한 생물이 있다.

내가 한때 망가뜨리려 했던 아이와 마찬가지로, 싹을 제거한 시마의 부드러운 피부는 따뜻하게 내 피부에 달라붙는다. 시마는 사람의 굴곡진 품 안에 빈틈없이 들어온다.

시마는 사랑받는다.

"호의적으로 대해 주는 사람이 있는데."

"오호."

"근무가 겹칠 때마다 사탕이나 초콜릿이나 꽃이나 의미심장한 곁눈질을 보내."

"의미심장한 곁눈질."

　　　　　　　　꽃에 눈이 멀다

"응, 의미심장한 곁눈질."

"좋다, 의미심장한 곁눈질."

후후후, 하고 시마가 맥주 캔을 흔들며 웃었다. 안주는 시마가 구운 꽁치다. 그러나 시마는 슬슬 생선 요리에 질리기 시작했다. 쉽게 달아오르고 쉽게 식는다. 아기 고양이가 새로운 장난감에 달려드는 것처럼 시마의 흥미는 금방 바뀐다. 요리, 영화, 음악, 미용. 관심을 끄는 게 아무것도 없을 때는 방 한가운데에서 자거나 텔레비전 채널을 돌린다. 변하지 않는 것은 같은 침대에 눕는 것 정도다.

"시마도 의미심장한 곁눈질을 되돌려주면 좋을 텐데."

"으음."

가늘고 나긋나긋하게 뻗은 목을 젖히며 시마가 맥주를 마셨다. 그러더니 복잡한 표정을 지으며 입술의 거품을 훔쳤다.

"나는 안 돼."

"뭐가?"

"곁눈질을 돌려줬다고 가정해 보세요."

"네."

"그래서 사귀기 시작하고."

"응응."

"좋아한다느니 사랑한다느니 이런저런 게 있으면."

"뭐, 응."

"뭔가, 밧줄이."

"밧줄?"

"밧줄이 손목에 걸리는 느낌이 들어서, 나는 안 돼."

다시 한 번 "밧줄?" 하고 물었다. 시마는 진지한 표정
으로 새끼줄이라고 대답했다.

"좋을 때만 곁에 머물며 적당히 어울리다가 볼일 끝
나면 멀어지고, 이러면 보통 화내잖아?"

"으음."

"나는 곁에 있고 싶을 때와 멀리 있고 싶을 때가 있
어. 이게 나이고, 이 본질은 영원히 변하지 않는 거야.
그런데 사귀면 변하는 게 당연하다는 듯이 여기는 거,
그게 난 안 돼."

"야생동물 같다, 시마는."

"후후후, 하나 씨는 방목해 주니까 좋아."

나는 적당하게 맞장구를 치고 다음 맥주 캔을 땄다.
거품을 홀짝이고 차가운 첫 모금을 삼켰다. 내가 진짜로
방목할 수 있는 성정이었다면 다카오미 씨를 곁에 둘

　　　　　　　　　　꽃에 눈이 멀다

수 있었을까. 그런 부류의 인간이 이 세상에 진짜로 있을까. 다카오미 씨는 좋아한다와 사랑한다와 새끼줄의 혼합물을 진짜라고 생각할 수 없다 말했다. 그렇다면 진짜는 어디에 있을까. 진짜, 진짜를 반복하는 도중에 관자놀이에 열이 오르고 아파졌다. 진짜, 진짜, 진짜.

맥주로 뜨거워진 몸이 식지 않도록 이를 닦고 서둘러 이불을 덮었다. 평소처럼 벽 쪽으로 시마가 파고든다. 내 허리에 달라붙어서 나는 얼떨결에 두 팔을 들었다. 술에 취해서 키스하고 싶어졌다.

"시마."

이름을 부르고 축축한 입술을 빨았다. 시마의 아랫입술은, 입술만으로도 물어뜯을 수 있을 것처럼 부드럽다. 입술을 떼자 이번에는 시마가 갖다 댔다. 후후후후, 또 그 목소리로 웃는다. 혀를 넣고 치아 뒤를 간질이고, 부푼 가슴을 가볍게 살짝 뭉개고, 그다음으로 나아가는 게 두려워서 털을 핥는 고양이처럼 어울리다 잠들었다.

"안 되는 걸까."

어둠 속에서 시마가 중얼거렸다. 슬픈지 목소리가 흔들렸다.

"나는 역시 어리석은가. 어리석은 채로 있으면 안 되나."

나는 잠에 취해 시마의 머리를 쓰다듬었다. 다카오미 씨가 내게 해 준 것처럼 쓰다듬을 수 있다면 좋겠다고 바라며.

일 외에는 어지간해서 외출하지 않는 시마가 간간이 밖으로 나가기 시작했다. 그러더니 다음 휴일에 가능하면 시간을 비워 놓아 달라고, 유난히 머뭇거리는 태도로 내 소매를 당기며 말했다. 무슨 일인지 물어도 아직 알려 줄 수 없다고 딴청을 부렸다.

휴일 아침은 흐렸다. 화면이 깜박이는 빨간 텔레비전 속에서, 인상이 단아한 기상 캐스터가 구름이 두껍고 밤부터는 눈이 오는 지역도 있을 거라고 말했다.

"그래서 어디 가고 싶어?"

전날 둘 다 늦게까지 일한 탓에, 눈을 떴을 땐 이미 한낮이 지난 뒤였다. 아침도 점심도 아닌 어중간한 식사를 하며 나는 시마의 얼굴을 살폈다. 토스트를 입에 문 채 창밖으로 고개를 돌린 시마는 한동안 복잡한 표정으로 잿빛 동네를 바라보다가, 따뜻하게 입으라며 내 질문에 맞지 않는 대답을 했다. 나는 식사를 마치고 텔레비전 전원을 끄고 스웨터와 코트를 꺼내러 침실로 들어갔다.

꽃에 눈이 멀다

바로 출발하는 줄 알았는데 시마는 조금 더 기다리라
고 했다. 설거지를 하고 세탁기까지 다 돌리고 나서야,
해가 저물기 시작한 무렵에 비로소 시마에게 이끌려 집
을 나섰다. 앞서 걷는 시마의 밤색 머리카락이 발걸음에
맞춰 둥실둥실 흔들린다. 시마는 여전히 유행에 밝았다.
허리 주변이 예쁘게 들어간 날씬한 코트에 올해 유행인
접이식 부츠를 세련되게 맞췄다. 역에 가까워질수록 사
람이 늘었다. 시마는 아무 말도 없다. 왠지 시치미를 떼
는 듯 천연덕스러운 얼굴로 계속 걸었다. 마지막까지 비
밀로 하고 싶은가 보다.

길 건너편에서 느긋한 오르간 음색이 들려왔다. 그 소
리를 듣고서야 알았다. 반년에 한 번 이 동네에 오는, 이
동식 유원지가 찾아온 모양이었다. 나는 시마보다 훨씬
전부터 이 마을에 살고 있어서 이 유원지를 이미 알고
있다. 하지만 외출을 꺼리고 잠이 많은 그녀가, 작은 펌
프스 굽 소리를 또각또각 울리며 마을을 돌아다녔다고
생각하니 마음 한구석이 벅차올랐다. 나를 데리고 나올
구실을 일부러 찾아 준 것이다. 나는 서둘러 발걸음을
옮겨 시마의 곁으로 다가갔다. 시마는 나를 보며 입술을
달싹이는가 싶더니, 이내 아무 말 없이 앞을 봤다.

이동식 유원지는 돌바닥이 깔린 중앙 광장에 자리를 잡고 있었다. 가족 단위로 모인 사람들의 발걸음이 경쾌했다. 트램펄린과 사격, 과자 낚시, 도그쇼 그리고 천체망원경 수준으로 큰 만화경 등 자질구레한 노점들이 광장 외곽을 빙 둘러쌌고, 중앙에는 목조 회전목마가 설치되었다.

손으로 돌리는 오르간은 회전목마 담당자로 보이는 남자가 갖고 있었다. 남자에게 돈을 건네면 손님의 손을 잡아 목마에 태워 주고, 목마가 돌아가는 동안 계속 오르간을 연주해 주었다. 둥둥다 둥다, 둥둥다 둥다, 시마가 오르간 소리를 흉내 냈다. 회전목마는 대성황이었다.

우리는 노점에서 산 코코아를 마시며, 울타리에 팔꿈치를 기댄 채 돌아가는 목마를 바라보았다. 도중에 안개가 깔렸다. 골목 안쪽에서 유백색 덩어리가 걸쭉하게 흘러왔다.

목마가 돌면 목마 기계 꼭대기에서 금색과 은색 종이가 뿜어져 나왔다. 덕분에 부서진 달을 뿌린 것처럼 눈부시다. 종이들이 반짝반짝 떨어지다 꿈결처럼 희미해지는 광경에 눈이 빙빙 돌았다. 명치가 삐걱거렸다. 다카오미 씨를 만지고 싶었다. 내 몸이 조금 더 흙에 가까

꽃에 눈이 멀다

워진다. 나도, 시마도 스러진다. 아무것도 모른 채, 눈앞에 보이는 아름다움에 멍하니 입을 벌리고 스러져 간다. 목마의 전구 장식이 청아하게 반짝이다가, 조금씩 회전 속도를 잃는다. 시마의 손이 내 손 안으로 파고들어 왔다. 물기 어린 피부를 만지며 손가락을 얽어 붙잡았다.

따뜻한 것은 흘러간다. 그것에 손톱을 세우지 않으려고 나는 혼자 자는 연습을 하겠지. 언젠가, 이렇게 맞잡게 된 이 손이 너무도 사랑스러워서 뭐든지 다 바치고 싶어졌다 말해 주고 싶다.

"음악이 잦아드네."

"쓸쓸하다."

"또 금방 시작할 거야."

해가 지자, 안개는 자잘한 눈으로 바뀌었다. 목마는 반짝이며 회전을 계속했다.

5.

별로 재미없는 곳이야, 커피를 리필해 주며 커피점 주인이 말했다.

"경치는 좋아도 여기 사는 사람들은 그런 거 신경도 안 써. 그러다가도 석 달에 한 번쯤은 뭔가에 매료된 것처럼 훌쩍 오곤 하지."

"온다……."

"뭐, 그래서 늘 깨끗하게 청소를 해. 합장하기도 하고. 별것 없는 곳이라고 생각하지만, 여길 골라 준 것이 자랑스러우니까. 풍경이 아니라 거기 잠든 사람에게 합장하지."

"정말 고맙습니다."

"감사는 무슨. 우리도 기뻐. 그러니까 아가씨도 고향에 돌아가면 청소를 잘해 둬. 누가 매료되어서 찾아와 줄지 모르니까. 잘 생각해 보면 어떤 풍경이든 옛날에 잠든 사람이나 생물의 축적 같은 거니까. 깔끔하게 청소해야지. 그러다 마음에 드는 경치를 보게 되면 좋은 걸 보여줘서 감사하다고 말하고."

치즈스콘이 맛있는 커피점이었다. 수다 떨기 좋아하는 주인의 귀 뒤에는 속이 비쳐 보일 정도로 투명하고 하얀 모란꽃이 피었다.

배를 잔뜩 채우고서 커피점 주인이 가르쳐 준 길을 따라 바다로 향했다. 쨍쨍 내리쬐는 햇살에 뺨이 따뜻해

　　　　　　　　　　　꽃에 눈이 멀다

졌다. 걸으면 걸을수록 조용한 마을이었다. 한산하고, 건물 높이가 야트막하고, 동네 전체가 산뜻하고 건조했다. 아이와 노인이 많다. 집들의 처마 위에는 색 짙은 수목이 흘러넘치고 동네 어느 곳에 있어도 파도 소리가 들린다.

언덕을 내려가자 곧바로 목적지인 숲이 눈앞에 트였다. 가지가 적은 나무들 너머로 달콤한 색감을 지닌 봄의 바다가 펼쳐졌다. 희뿌옇게 반짝이는 수평선. 바닷새가 자유로이 난다.

당신 안의 세계는 이렇게 평온했었네요. 말을 걸자, 바다색이 몹시도 눈에 스며들었다. 피부 겉면에만 친숙해졌을 뿐, 그 안쪽은 아무것도 모른 채 나는 당신을 떠나보냈다. 처음에는 바다를 바라보며, 다음에는 발치에 우거진 풀을 보며 볕뉘로 채워진 숲을 걸었다.

양달에서 율무 한 그루를 발견했다. 무릎 높이까지 자랐다. 다카오미 씨일지도 모른다. 다카오미 씨가 아닐지도 모른다. 다른 풀을 밟지 않으려고 조심하며 옆에 쪼그려 앉았다.

"멋진 곳이네요."

율무가 바닷바람에 떨렸다. 나는 말을 이었다.

"행복하게 살고 있어요. 또 만나요."

새까맣고 습한 흙에 한쪽 손을 댔다. 사람 피부와 같은 온도였다.

꽃에 눈이 멀다

옮긴이의 말

아야세 마루는 이 작품집의 마지막 단편 〈꽃에 눈이 멀다〉로 2010년 '여자에 의한 여자를 위한 R-18 문학상'을 수상하며 데뷔했다. 이후 꾸준히 작품 활동을 이어오고 있다. 일본의 권위 있는 문학상인 나오키상 후보에 오르기도 했고, 작품집에 실린 〈떨리다〉가 영국의 문예지에 게재되면서 현재 세계적으로도 주목을 받는 작가이다. 우리나라에는 《벚꽃 아래서 기다릴게》(소미미디어)와 《새로운 별》(달로와) 두 권이 출간되었다.

이번 작품집은 데뷔작부터 시작해 2022년까지 써 온 단편 모음집이다. 여섯 단편의 집필 시기가 다른데도 작품집으로 묶었을 때 무엇 하나 튀거나 따로 놀지 않아 작가의 세계관을 잘 보여준다. 단편에는 무언가에 집착하고 갈망하는 인물들이 등장한다. 누군가는 연인의 육체보다 자신을 폭 받아 주는 소파의 감촉을 사랑하고, 누군가는 자신의 절망을 타인의 절망으로 달래려고 한다. 어떤 이들은 수치와 고통의 구멍을 메우려 허황한 것을 원하고, 애정과 집착이 돌로 바뀌어 생명을 위협하는 세상에서 사는 사람들도 있다. 한 남자는 돌아보지 않는 것을 바라다가 나무가 되고, 한 여자는 아끼던 것을 제 손으로 망가뜨린다. 단편들의 마무리이자 작가의 시작점이기도 한 마지막 작품에서는, 죽음을 향해 곧게 달려가며 피와 살과 생명을 공유할 대상을 갈구하는 삶이 그려진다.

작가는 익숙하면서 낯선 세계를 능숙하고 감각적으로 표현한다. 그곳에는 뭔지 모를 뒤틀림이 존재한다. 인물의 감정과 생각을 세밀하게 보여주기에 독자도 이야기를 밀착해서 따라가는데, 불쑥 그로테스크한 이미지가 침입한다. 그 지점에서 순간 멈칫하고 낯섦을 알아차린다. 작중 인물들은 몸에 난 금에 손가락을 집어넣어 내부를 만지거나, 손톱이나 칼로 피부에 흠집을 내 돌을 꺼내거나, 몸이 괴이한 형태로 굽어 나무가 되거나, 온몸이 꽃으로 뒤덮여 죽음을 맞이한다. 이 갑작스러운 낯섦은 오싹함과 함께 의외의 관능을 선사한다.

일본 출판사인 겐토샤와 진행한 인터뷰에서, 작가는 '작품에 그로테스크와 아름다움이 공존한다'는 진행자의 말에 이렇게 답한다. '살아 있음은 곧 그로테스크한 것이다. 고양이도 새나 쥐의 목을 부러뜨리고 잡아먹는다. 고양이로서는 당연한 일인데 사람이 보기에 그로테스크하다. 다른 생명체의 이질성을 그려내면 그로테스크하게 받아들이게 되고, 동시에 동떨어진 의외성이 보이기에 아름답다.' 작가의 말대로 작품 속 인물들은 어떤 상황에서든 과도하게 당혹스러워하거나 곤란해하지 않는다. 인물들에게 그것은 자연스럽게 받아들여지는 것들이다. 바로 이런 점이 독자들에게는 거북함과 아름다움으로 다가오는 것이다.

기억에 제일 오래 남았던 단편은 〈매그놀리아 남편〉이다. 바디호러 같은 기괴함과 에로틱한 분위기가 번역을 마치고도 한동안 종종 생각났다. 꽃나무가 될 정도의 뿌리 깊은 애착과 사랑하는 것을 기어코 망가뜨리는 아

집이라니. 제목을 봤을 때는 설마 이런 이야기가 나타날 줄 몰랐다. 다른 단편 역시 제목으로 내용을 쉽게 유추할 수 없었다. 〈매끈하게 움푹한 곳〉이나 〈떨리다〉에서 소파에 대한 집착이나 결정화된 돌을 어떻게 상상할 수 있겠는가. 〈마이, 마이마이〉도 인상적인데, 대상에 대한 집착을 표현한 'my'로도 보이고 달팽이로도 이해할 수 있어서[일본어 '마이마이(マイマイ)'에 달팽이라는 뜻이 있다] 이중적인 의미로 읽힌다.

번역하는 내내 이런 내용이겠다고 짐작했다가 상상을 훌쩍 뛰어넘는 전개에 놀랐다. 노골적으로 야한 책이 아닌데 괜히 주변을 살피게 되는 점까지 포함해 이런 예측 불허함이 작품의, 작가의 매력이다. 좋은 의미로 작가에게 휘둘린 셈이다. 오래오래 읽고 싶은 작가를 만나서 기쁘고 감사하다.

이소담

옮긴이의 말

감각의 정원

1판 1쇄 인쇄 2026년 2월 27일
1판 1쇄 발행 2026년 3월 12일

지은이 아야세 마루
옮긴이 이소담

발행인 양원석 **편집장** 김건희 **책임편집** 이혜인
디자인 최자윤, 김미선
영업마케팅 조아라, 박소정, 김유진, 원하경, 정민지

펴낸 곳 ㈜알에이치코리아
주소 서울시 금천구 가산디지털2로 53, 20층 (가산동, 한라시그마밸리)
편집문의 02-6443-8868 **도서문의** 02-6443-8800
홈페이지 http://rhk.co.kr
등록 2004년 1월 15일 제2-3726호

ISBN 978-89-255-6975-8 (03830)